D1148998

AH, CES FILLES!...

AH, CES FiLLES!...

entre amis

#2

KATE KENYON

ÉDITIONS HÉRITAGE
MONTRÉAL

Données de catalogage avant publication (Canada)

Kenyon, Kate

  Ah, ces filles

  (Entre amis).
  Traduction de: Class crush.
  Pour adolescents.

  ISBN 2-7625-3201-9

  I. Titre. II. Collection.

PZ23.K46Ah 1988   j813'.54   C88-096527-4

Junior High, Class Crush
Copyright© 1987 by Jacqueline Shannon
Publié par Scholastic Inc.

Version française
© Les Éditions Héritage Inc. 1988
Tous droits réservés

Dépôts légaux : 4e trimestre 1988
Bibliothèque nationale du Québec
Bibliothèque nationale du Canada

ISBN : 2-7625-3201-9   Imprimé au Canada

Photocomposition : DEVAL STUDIOLITHO INC.

LES ÉDITIONS HÉRITAGE INC.
300, Arran, Saint-Lambert, Québec J4R 1K5
(514) 875-0327

CHAPITRE 1

— Je suis parfaitement, complètement, absolument, totalement folle de lui! lance Nathalie.

Sophie regarde sa meilleure amie, en face d'elle, et éclate de rire.

— Si je comprends bien, tu l'aimes beaucoup! Et le regard soudain rêveur, elle ajoute: « Il est merveilleux, non? »

— Le voilà! s'écrie Dorothée.

Suzanne lui assène une tape sur la main.

— Chut! Il va t'entendre! Sois plus discrète!

Mais tout comme ses amies, Suzanne allonge le cou pour mieux voir monsieur Rochester traverser à grands pas la cafétéria.

Sophie cesse de regarder le nouveau professeur d'anglais; elle observe les lieux. C'est la première fois qu'elle prend le temps de le faire depuis qu'elle vient à cette école. Soudain, elle se sent embarrassée: les murs sont d'un vert triste, le plafond est taché de cernes d'eau, un linoléum irrégulier recouvre le plancher. Que va penser monsieur Rochester de tout ça?

— Je trouve qu'il ne cadre pas dans le décor, murmure-t-elle un peu fort.

Nathalie quitte des yeux monsieur Rochester et lance un regard approbateur à Sophie. Comme d'habitude, on dirait qu'elles lisent dans leurs pensées, l'une et l'autre. Mais n'est-ce pas normal, se dit Nathalie, puisque, depuis la maternelle, elles sont les meilleures amies du monde?

Monsieur Rochester s'arrête à la porte de la salle à manger des professeurs. De ses yeux noirs perçants, il jette un coup d'oeil derrière lui, chasse de son front une mèche de cheveux noirs et disparaît dans la salle.

Tout en piochant dans son assiette de chili, Dorothée pousse un soupir.

— Avez-vous déjà vu quelqu'un porter si bien un chandail en coton à rayures? dit-elle.

Le bruit des plateaux et de la vaisselle qu'on entrechoque couvre la réplique de Suzanne.

— Quelle chance pour le secondaire II, ajoute Dorothée.

— Ce n'est pas de la chance, réplique Suzanne d'un ton brusque, ça s'appelle un congé de maternité. On aurait été encore plus chanceuses si madame Richard n'avait pas attendu jusqu'à la dernière minute pour partir. On connaîtrait monsieur Rochester depuis deux mois déjà, pas seulement depuis deux heures.

— Enfin, explique Nathalie, médicalement parlant, elle devrait être absente encore...

— La ferme, docteur Ryan! s'écrient les autres en riant.

Nathalie, rayonnante, se tait. « Docteur Ryan » sonne si bien! Un jour, après ses études, elle sera « vraiment » médecin!

— Madame Richard m'a dit qu'elle serait absente le reste de ce trimestre-ci et encore tout le prochain. La pauvre, je suis heureuse pour elle. Un nouveau-né doit demander beaucoup de temps et de travail.

— Je parie qu'il préfère les blondes, dit Dorothée en faisant gonfler ses cheveux blonds.

L'espace d'une seconde, Nathalie pense que Dorothée parle du bébé de madame Richard. Lorsqu'elle se rend compte qu'il s'agit de monsieur Rochester, elle éclate de rire. Comment a-t-elle pu oublier que Dorothée ne pense qu'à une seule chose: les hommes!

Dorothée se méprend sur le rire de Nathalie et prend un air offensé.

— Qu'y a-t-il de si drôle? On dit que les contraires s'attirent, tu sais!

— Alors tu as une chance dans une autre catégorie au moins, raille Suzanne, parce que monsieur Rochester est de toute évidence très intelligent!

Sophie avale une bouchée de Jell-O.

— J'espère que c'est le contraire, dit-elle vivement pour distraire Dorothée avant que les paroles de Suzanne ne fassent leur effet. C'est-à-dire… j'espère que ce sont les personnes qui se «ressemblent» qui s'attirent.

Nathalie regarde son amie. Sophie est grande et mince, elle a la peau claire et les cheveux noirs, tout comme le professeur.

— Tu as les yeux noisette, pas noirs, dit Nathalie en faisant danser ses yeux bruns.

— Et heureusement, toi, tu es petite, réplique Sophie.

Elles se regardent toutes les deux, surprises de se voir agir en rivales, puis éclatent de rire. «Le rire arrange toujours tout entre nous», se dit Sophie. Mais brusquement, Nathalie lui donne un coup de pied sous la table.

— Arrête de rire, siffle-t-elle.

Sophie s'exécute et lève les yeux. Elle comprend bien vite l'avertissement: Mia et Dani (le seul couple punk de l'école) se dirigent vers elles. Mia porte un imperméable jaune tout neuf, le même que Sophie a reçu de son père et qu'elle déteste parce qu'il lui donne l'air d'une fillette de huit ans. Mais Mia a transformé le sien en mini-robe plastifiée en nouant une large ceinture vert fluorescent autour de la taille et en coupant les manches. C'est tellement insolite, que Sophie et Nathalie ont du mal à retenir un fou rire.

— Devinez ce que m'a dit monsieur Rochester après la classe aujourd'hui ! leur lance Mia en tirant sur ses cheveux en pointes dont certaines ont la même teinte que l'ex-imperméable. Il a dit que je ressemblais à Exene Cervenka, la chanteuse du groupe X ! Vous vous rendez compte ? Un prof qui connaît X !

Dani pousse un soupir et secoue sa tête hérissée presque de la même couleur que la ceinture de Mia.

— Peux-tu parler d'autre chose que de ce Rochester, Mia ? Ça fait cinq fois que tu racontes la même histoire !

Mia s'assoit à la table.

— D'après moi, il n'est pas marié, dit-elle en ignorant Dani qui hausse les épaules et s'éloigne.

— Qu'est-ce qui te fait croire ça ? lui demande Sophie.

Mia lève la main et la secoue. Elle a mis sur ses ongles un vernis vert foncé.

— Pas d'alliance, dit-elle.

— Je t'arrête ! s'écrie Nathalie en levant le bras. Ça ne veut rien dire. Mon père ne porte jamais son alliance. Il dit qu'il a peur de l'accrocher sur quelque chose et de perdre son doigt.

Sophie pousse un soupir.

— Ce n'est pas juste. Les gens mariés devraient être

obligés de porter leur alliance.

— De quoi êtes-vous en train de parler?

En entendant le léger accent et la voix douce de Denise, tout le monde lève la tête. Nathalie lui explique leur conversation. Sophie en profite pour observer Denise et, pour la millième fois, elle se dit que c'est la plus belle fille qu'elle ait jamais vue. Son visage en forme de coeur est parfait et ses cheveux blond doré descendent en cascades sur son grand tricot de la même couleur que ses yeux bleu vif. « Elle non plus ne va pas avec le décor de la cafétéria, pense Sophie. Elle irait mieux dans... dans une école suisse! » D'ailleurs, c'est là que Denise étudiait avant que ses parents ne s'installent ici l'été dernier.

— L'automne passé, à Londres, se met à raconter Denise, je suis allée à un bal et tous les hommes célibataires étaient annoncés avec l'appellation « Master » devant leur nom. C'est peut-être comme ça que ça se passe dans la haute société en Angleterre...

— Que veux-tu dire par « étaient annoncés »? lui demande Nathalie.

— Quand des gens entraient, le majordome les présentait tout haut, lui explique Denise d'un ton un peu impatient.

— De toute façon, nous, on ne fait pas ce genre de distinctions, dit Suzanne d'un ton sec.

Sophie remarque l'air rêveur de Denise. La famille Ricard est riche; elle possède les produits de beauté Denise, une des plus grosses compagnies au monde. Ils ont voyagé un peu partout en Europe... jusqu'au jour où monsieur et madame Ricard ont décidé que Denise et son frère de seize ans, Antoine, devaient grandir dans leur pays natal.

— Si vous aviez vu toutes les filles se retourner quand le majordome a annoncé «Master Antoine Ricard», dit Denise. Il était merveilleux en smoking.

Elle fait une pause et s'étonne qu'aucune des filles, pas même Dorothée, ne la presse de détails sur son frère comme elles en ont l'habitude. Pas même une seule allusion à la beauté d'Antoine!

— Eh bien, espérons que ce soit «Master» Rochester, comme disent les anglais! s'exclame Mia.

Nathalie, Sophie, Dorothée et Suzanne approuvent de la tête.

C'est alors que Denise comprend la situation.

— Oh non! grogne-t-elle en se tapant le front. Vous avez le béguin pour un prof! Mais c'est de l'âge des fillettes de secondaire I!

Nathalie et Sophie échangent un regard et haussent les épaules, l'air de dire: «À quoi t'attendais-tu?» Les nombreux déplacements de la famille Ricard ont fait prendre à Denise du retard dans ses études et elle a un an de plus que les autres élèves de secondaire II. Ça ne fait que douze mois de différence mais, parfois, Nathalie et Sophie ont l'impression que cinq ans les séparent de Denise. Elle est tellement plus sophistiquée face… aux garçons, par exemple. Elle n'en est pas à sa première sortie avec certains d'entre eux, en Europe et ici, à l'école.

— Nous n'avons pas le béguin pour monsieur Rochester, dit froidement Suzanne. Nous parlons de lui, c'est tout.

Mais Denise n'est pas dupe.

— Faites attention de ne pas vous l'imaginer plus

merveilleux qu'il n'est en réalité, les filles. Vous risquez d'être très déçues.

Elle se met à raconter le béguin qu'elle et plusieurs autres filles ont eu pour un professeur de mathématiques à Château Rémy, l'école qu'elle fréquentait en Suisse.

— Il prenait des airs mystérieux et il avait les yeux mélancoliques, dit-elle d'un ton théâtral. Nous pensions qu'il essayait d'oublier une tragique histoire d'amour, que sa fiancée était peut-être morte dans l'écrasement d'un avion ou quelque chose du genre.

Elle leur décrit la fête surprise qu'elles avaient organisée pour essayer de remonter le moral de leur professeur.

— À la fin, poursuit-elle en soupirant, nous avons découvert que ses airs mystérieux et que ses regards tourmentés étaient causés par des maux d'estomac ! À la fête, il était vraiment grognon et n'a voulu avaler que ses cachets contre l'hyperacidité qui sont malencontreusement tombés de sa poche devant tout le monde. Ce jour-là, huit jeunes filles ont vu leur amour déçu.

— Les cachets contre l'hyperacidité peuvent parfois aggraver une condition ulcéreuse, dit Nathalie.

Tout le monde appréhende ce qui va suivre.

— Pas pendant le repas, Nathalie ! implore Suzanne.

— C'est le moment de partir, suggère Denise.

Nathalie sourit.

— L'intérieur de l'estomac est…

— … est un sujet dont on ne parle pas, grâce à moi ! dit en riant Lucie qui s'est jointe au groupe. Je suis sûre que vous préférez entendre ce que je viens d'apprendre au sujet de monsieur Rochester.

— Raconte vite ! s'écrient les autres.

Lucie sourit en secouant ses boucles noires.

— À une seule condition. Nathalie doit promettre de ne pas parler de la valeur nutritive de ceci, dit-elle en sortant de son sac une tablette de chocolat.

— Promis, dit Nathalie en riant. Mais seulement pour cette fois !

— Mauvaise nouvelle… commence Lucie. Elle fait une pause et les autres retiennent leur souffle. Il est marié.

Les jeunes filles poussent un même cri.

— Oh noooon !

— Désolée, mais c'est comme ça, dit Lucie en ouvrant sa tablette. Je l'ai entendu dire : « Edna et moi, nous emménageons sans problèmes, madame Pierre. »

— « Edna »? dit Mia. Ouach !

— Comment un homme aussi beau peut-il avoir épousé quelqu'un avec un prénom aussi affreux? gémit Dorothée.

— Parlant de prénoms, dit Lucie, devinez celui de monsieur Rochester? Cliff.

— Oh ! s'écrie Dorothée. Que c'est romantique !

— C'est très beau, dit Nathalie. Cliff Rochester.

Les autres se mettent à prononcer le nom à haute voix. Elles n'ont pas remarqué le garçon au visage plein de taches de rousseur et à la crinière rousse qui s'est approché d'elles.

Jérémie trempe son doigt dans le Jell-O de Sophie et le lèche avant de répéter le geste dans le chili de Dorothée. À sa grande surprise, personne ne dit mot.

« Que se passe-t-il? se demande-t-il. Pas de grands cris de protestation? Pas d'injures comme d'habitude? »

Il prend une rapide bouchée du chocolat que Lucie tient à la main et à son grand étonnement, elle le lui tend en continuant à marmonner. Jérémie regarde les autres filles autour de la table et aperçoit les cheveux bruns frisés de Nathalie. Aha! Voilà quelqu'un qui réagira. Il fait le tour de la table et enfonce son pouce dans le muffin à demi entamé de la jeune fille. À son grand soulagement, Nathalie prend distraitement un livre et le frappe avec. Jérémie s'empare du livre et lit le titre : « Les Hauts de Hurlevent ».

Nathalie lui arrache le livre des mains et s'écrie en pointant du doigt le personnage sur la couverture :

— Avez-vous remarqué comme Cliff ressemble à Heathcliff, le héros du roman?

— Mais tu as raison! fait Nathalie en examinant le livre. Quelle coïncidence qu'il nous donne ce livre à lire!

Suzanne lève le nez avec mépris et s'éclaircit la voix.

— J'ai vu ça depuis longtemps, dit-elle. Et « Cliff » c'est le diminutif de « Heathcliff ».

Tout le monde regarde Suzanne sans mot dire.

— Mais je suis sûrement la seule ici à avoir lu ce célèbre livre anglais, et au moins vingt fois! poursuit-elle. C'est mon roman préféré... et c'est aussi le roman préféré de Cliff! Vous l'avez bien entendu dire ça, ce matin, non?

Nathalie, Sophie et Mia acquiescent.

— Alors, vous voyez bien que je suis la seule ici à avoir quelque chose en commun avec lui, continue Suzanne d'un ton hautain.

Nathalie la menace du doigt.

— Tu ne sais pas si...

— Moi, je vais l'appeler Heathcliff, annonce Suzanne en l'interrompant.

— Mais Cliff nous a dit que Heathcliff était un personnage méchant! proteste Sophie.

Suzanne lui fait un sourire glacial.

— J'aime les personnages méchants.

— Ce roman est paru il n'y a pas longtemps, non? demande Dorothée. Il me semble avoir lu un article à ce sujet, dans un magazine. Suzanne pousse un soupir.

— Ne me dis pas que tu as appris à lire! Elle prend son plateau et s'éloigne.

Sophie explique gentiment à Dorothée que «Les Hauts de Hurlevent» a été écrit au siècle dernier.

— Oh, fait Dorothée. Pourquoi Suzanne ne me l'a-t-elle pas dit plutôt que de se moquer de moi? Elle se moque toujours de moi!

Lucie lui donne une petite tape sur l'épaule.

— Pas étonnant que Suzanne aime les personnages méchants… elle «est» méchante. Cette fille n'a jamais rien de gentil à dire à personne.

CHAPITRE 2

Cet après-midi-là, cinquante-trois secondes après que la cloche de la fin des cours ait sonné, Nathalie a déjà enfilé son manteau et fermé la porte de son casier. Elle prend Sophie par le bras.

— Viens, nous allons le manquer! fait-elle, essouf-flée de s'être autant dépêchée.

Sophie se dégage et ferme doucement la porte de son casier.

— Nathalie, attends...

Elle passe songeusement le doigt sur l'autocollant « Sauvez les baleines » qu'elle a mis sur son casier.

— J'ai l'impression d'oublier quelque chose...

— Tu y penseras sur le chemin en allant au terrain de stationnement, dit Nathalie. Tu ne veux tout de même pas rater l'occasion de voir l'auto de Cliff?

Sophie secoue la tête comme pour en chasser les pensées.

— Sûrement pas! Allons-y!

Cette fois, c'est elle qui prend Nathalie par le bras et les deux jeunes filles se mettent à courir le long du cou-loir. En tournant le coin, Sophie se heurte à Mathieu Dupuy.

En riant, celui-ci la rattrape pour l'empêcher de tom-ber. Puis il ramasse le sac qu'elle a laissé échapper.

— Une fille qui fonce, parlez-moi de ça! dit-il en lui tendant son sac.

Sophie jette à peine un coup d'oeil au grand garçon

aux yeux foncés qui a été élu meilleur athlète de l'école. Mathieu la regarde avec étonnement rejoindre Nathalie. Cette dernière aussi ne lui a dit qu'un simple « Allô ! ».

Encore tout surpris, il salue distraitement Alexandre Rivard qui s'approche de lui. Il vient lui aussi de croiser Nathalie et Sophie.

— Mais que se passe-t-il ? demande le séduisant Alexandre en grimaçant. Je viens de croiser des filles... ou plutôt, elles m'ont croisé...

— Et on aurait dit qu'elles étaient possédées ou quelque chose comme ça ? l'interrompt Mathieu.

Alexandre passe la main dans ses cheveux couleur de sable.

— C'est ça ! Même Dorothée m'a à peine regardé !

— Tu perds de ta popularité, Alexandre, se moque Mathieu tandis que Jérémie arrive en trombe sur sa planche à roulettes et se met à tourner autour d'eux. Je croyais que Dorothée était folle de toi ?

Alexandre fait un de ses fameux sourires dévastateurs qui font tomber les filles comme des mouches.

— Elle l'est. Elles le sont toutes. Mais il doit y avoir un gros virus dans l'air.

Jérémie saute de sa planche à roulettes qui revole dans les airs et atterrit dans ses mains (après l'avoir heurté au menton cependant). C'est à cause de ce roman que Rochester à donné à lire.

— « Les Hauts de Hurlevent » ? demandent en cœur Alexandre et Mathieu.

— Oui, répond Jérémie. Elles s'extasiaient dessus à la cafétéria. Ou plutôt, elles s'extasiaient sur Heathcliff, le gars sur la couverture.

Mathieu plisse les yeux, ahuri.

— Elles sont amoureuses d'un personnage de roman?

Jérémie hausse les épaules.

— On le dirait. Elles lui ont même donné un diminutif : Cliff. Il prend une voix plus aiguë. Oh, c'est « teeeeeellement » romantique! s'écrie-t-il en imitant à la perfection la voix de Dorothée.

Alexandre éclate de rire.

— Bon, ce gars-là n'est pas dangereux... après tout il a cent cinquante ans... ou presque.

— J'ai entendu parler de certaines filles qui tombaient amoureuses d'hommes plus âgés, mais là, ce serait trop ridicule! ajoute Jérémie.

— De qui parlez-vous? demande Dani en se joignant à eux.

Alexandre lui parle du roman et des filles.

— Ah, c'était donc ça! fait Dani, soulagé. C'est du roman qu'elles parlaient à midi! Il passe un doigt sous le collier de chien neuf qu'il porte au cou. Nathalie ne m'a même pas demandé si c'était un collier à puces! J'ai manqué son exposé sur les allergies causées parfois chez les humains par le produit contre les puces. Et Mia... Mia est très bizarre, elle aussi. Je croyais qu'elle allait tomber amoureuse du prof, Rochester...

Mathieu et Alexandre éclatent de rire.

— Ce vieux gars pâle et tout maigrichon? fait Alexandre.

— Oui, mais à présent je comprends qu'elle l'aime seulement à cause de ce stupide roman qu'il nous a donné à lire, poursuit Dani. À propos de Mia, les gars, l'avez-vous vue?

— Je l'ai vue courir dans cette direction-là, il y a cinq

minutes, dit Alexandre.

— Elle est partie sans moi? fait Dani d'un ton outré.

Mathieu jette un coup d'oeil à sa montre. On l'attend au gymnase pour une séance d'entraînement de basket-ball dans trois minutes.

— Ce drôle de béguin va durer combien de temps d'après vous? demande-t-il.

Alexandre sourit.

— Vingt-quatre heures, au plus. Elles vont oublier ce Heathcliff aussitôt qu'elles verront qu'il ne leur offre pas souvent de crème glacée.

— Ou que ce n'est pas lui qui fait les paniers victorieux au basket, ajoute Mathieu.

Dani approuve de la tête en riant.

— Ce n'est qu'une couverture de livre et ça ne se compare pas avec…

Il s'arrête et regarde Jérémie : couché sur sa planche à roulettes, celui-ci s'est élancé dans le couloir en s'aidant de ses mains et en chantonnant le thème musical des « Dents de la mer ».

— … avec « certains » d'entre nous, finit à sa place Alexandre en secouant la tête.

Sophie et Nathalie sortent en coup de vent dans le terrain de stationnement où se trouvent déjà Mia, Suzanne et Dorothée, blotties contre l'édifice pour se protéger de l'air froid automnal.

— Oh non! Pas encore d'autres! grogne Suzanne.

Nathalie pousse Sophie du coude.

— Je pensais qu'on ne devait en parler à personne?

Sophie pousse un soupir.

— Si ce n'est pas toi, je ne sais pas qui c'est!

— Les beaux esprits se rencontrent, comme on dit,

fait Nathalie. Elle se tourne vers les autres. Cliff est déjà sorti?

— Non, mais je l'ai vu fermer le… Mia se tait en voyant la porte s'ouvrir. Mais ce n'est que monsieur Mario, le professeur titulaire de Sophie et de Nathalie. Il lance un regard soupçonneux vers le groupe puis s'engouffre dans sa voiture et démarre.

— On a l'air suspect, constate Sophie.

— Eh bien moi, non, réplique Suzanne. Si Heathcliff me demande ce que je fais ici, je lui dirai que ma mère vient me prendre ici tous les jours parce qu'elle trouve qu'il y a trop de circulation à l'avant de l'école.

Mia hoche la tête.

— Je vais dire ça aussi.

— Moi aussi, annonce Dorothée.

— Ne soyez pas stupides! s'écrie Suzanne, fâchée. Nous ne pouvons pas toutes dire la même chose! Ça aurait l'air trop bizarre. Trouvez vos propres excuses!

Nathalie frappe dans ses mains.

— Je sais, Suzanne! On dira que ta mère vient toutes nous chercher.

— D'accord, fait Suzanne après un moment de réflexion.

— Eh, Suzanne, s'exclame Dorothée, j'espère que ta mère a une très grosse voiture parce que sinon nous n'y entrerons pas toutes!

Exaspérée, Suzanne se frappe le front avec la paume de la main.

— La mère de Suzanne ne vient pas vraiment, Dorothée, dit doucement Sophie.

Soudain, la porte s'ouvre et *il* sort, une main au-dessus des yeux pour se protéger de l'éclat du soleil. Il passe devant les filles en leur faisant un magnifique sourire et se dirige vers une étincelante Mustang bleue décapotable dont le toit est fermé.

— Je me demande ce qui peut retenir ta mère, Suzanne, dit Nathalie tout haut.

Le professeur monte dans la voiture. Lorsqu'il la fait démarrer, une chanson de Simple Minds parvient faiblement aux filles.

— Quel sourire! murmure Mia. J'en ai les jambes molles. J'ai besoin d'un verre d'eau. Je rentre à l'intérieur.

— Moi aussi, dit Dorothée.

— Personne ne bouge! siffle Suzanne. Attendez qu'il soit parti.

— Nous sommes censées attendre ma mère, idiotes! Elle se radoucit. Je savais que Heathcliff aurait une décapotable. Je parie qu'il baisse le toit dès qu'il fait un peu chaud. Lui aussi doit aimer la sensation du vent qui s'engouffre dans ses cheveux... comme l'autre Heathcliff lorsqu'il monte à cheval dans la lande. Elle met ses bras autour de son corps.

— C'est quoi la lande? lui demande Mia tandis que la voiture de Cliff recule.

— Des terres arides couvertes de bruyère, répond rêveusement Suzanne en regardant la voiture de Cliff tourner pour sortir du terrain de stationnement.

Nathalie pousse un grand éclat de rire.

— Mais il n'y a pas de lande ici!

Sans prêter attention au regard acide que lui jette Suzanne, elle passe son bras sous celui de Sophie et les deux amies rentrent à l'intérieur.

— Ah, te voilà, Sophie! s'écrie Lucie quand, quelques minutes plus tard, Sophie et Nathalie ressortent par la grande porte d'en avant. J'espérais que tu ne sois pas encore partie. Tiens, je te rends ton magazine. J'ai oublié de te le donner ce midi.

Sophie prend distraitement le magazine.

— J'ai une autre nouvelle, les filles. J'ai entendu madame Pierre dire que monsieur Rochester venait d'une ville appelée Marblehead, c'est aux États-Unis. Un drôle de nom pour…

— « Marblehead »? s'écrie Sophie. Elle se tourne vers Nathalie en écrasant ses livres contre sa poitrine et se met à sautiller. Nathalie, Jeff vient de Marblehead, tu te souviens? Il connaît peut-être Cliff?

Lucie les regarde sans comprendre.

— Jeff? Qui est Jeff?

— L'homme de ménage des Miller, répond Nathalie. Voyons, Sophie! Jeff a dit qu'il y avait à peu près vingt-cinq mille habitants dans cette ville. Il ne peut pas les connaître tous! Connais-tu vingt-cinq mille personnes, toi?

— Ça ne fait rien, dit Sophie. Je rentre à la maison le lui demander. Vous venez?

— Non merci, dit Lucie en secouant la tête. J'ai plein de devoirs à faire. Et je pense que je pourrai survivre même si je ne sais pas.

— Moi, je viens, dit Nathalie.

Mais elles viennent tout juste de poser le pied sur le trottoir quand Sophie s'écrie :

— Oh, Nathalie! Je ne peux pas y aller! Je viens de me rappeler ce que j'avais oublié. Il y a une réunion cet après-midi à l'orphelinat pour le prochain spectacle de marionnettes!

«Personne ne s'implique autant que Sophie», songe Nathalie avec admiration. Lorsqu'elle ne s'occupe pas des spectacles à l'orphelinat, Sophie appuie la cause des baleines menacées ou ramasse de l'argent et des vêtements pour les enfants défavorisés. Et, une fois par mois, elle confectionne des biscuits pour le centre d'accueil. Les personnes âgées l'aiment autant que les enfants de l'orphelinat. Sophie passe aussi ses samedis à la Société protectrice des animaux. Elle répond au téléphone, nettoie les cages et fait toutes sortes d'autres besognes.

Pour l'instant, Nathalie ne peut s'empêcher d'être déçue.

— Tu es sûre que c'est aujourd'hui?

Sophie hoche la tête.

— Certaine. Le vingt-huit à seize heures.

Nathalie pousse un cri de joie.

— Mais nous sommes le vingt-sept! Les deux amies descendent la rue en riant.

Quand Nathalie et Sophie font irruption dans la cuisine étincelante des Miller, Jeff est en train de remuer la goulache qui mijote sur le feu.

— Jeff! s'écrie Sophie, essoufflée. Connais-tu un certain Cliff Rochester?

— C'est un nouveau prof, ajoute Nathalie, et il vient de Marblehead... et il a une Mustang bleue... et il est très beau... et il est très grand... et il a les cheveux...

— Stop! s'écrie Jeff en levant la main. Goûtez-moi ça d'abord. Il leur tend à chacune une cuillère pleine de goulache.

— Parfait, dit Nathalie en goûtant.

— Ça manque de sel, fait remarquer Sophie.

— On dit que le sel est mauvais pour la pression, répliquent Nathalie et Jeff en même temps.

Ils se regardent et éclatent de rire.

— Un maniaque de l'alimentation-santé par jour, ça suffit! dit Sophie à Jeff. Elle essaie de jeter un regard furieux au grand gaillard aux cheveux grisonnants et aux yeux bleus mais elle ne réussit qu'à lui faire un sourire affectueux.

Comme elle est heureuse qu'il soit là! Elle se moque bien de ce que les autres peuvent penser du fait que ce soit un homme qui fasse le ménage chez eux plutôt qu'une femme. La mère de Sophie et d'Éric, son petit frère, est morte lorsqu'ils étaient tout jeunes et depuis, monsieur Miller a embauché une longue série d'hommes de ménage. Jeff est le dernier de la liste et le premier à se comporter comme un membre de la famille.

Nathalie et Sophie jettent leurs livres sur la table et s'assoient tandis que Jeff retourne à ses casseroles.

— À présent, pour répondre à votre question au sujet de ce professeur...

Il fait une pause, tenant la cuillère dans les airs.

— Alors? lance Nathalie.

— Bien sûr que je le connais! fait Jeff en riant. Cliffie est le fils de mon plus vieil ami, Bill Rochester!

— Cliffie? s'esclaffent Nathalie et Sophie.

— Oh là là, Diane m'avait bien averti de ne pas utiliser ce diminutif enfantin, dit Jeff. Je me demande si ça m'a échappé aussi en sa présence au souper, l'autre soir?

Nathalie et Sophie écarquillent les yeux.

— Tu as soupé avec lui? lui demandent-elles en chœur.

Jeff se tourne vers elles.

— D'après vous, qui est responsable de la venue de Cliff ici? Votre serviteur. Quand Cliff a obtenu son diplôme de professeur le printemps dernier, il avait du mal à trouver du travail dans sa région. Alors, quand j'ai entendu dire que votre école avait besoin d'un professeur, je lui en ai parlé.

Sophie lance à Nathalie un sourire triomphant.

— Et toi qui croyais qu'il ne le connaîtrait même pas!

— Diane et moi, nous l'avons aidé à emménager samedi et nous sommes restés à souper, poursuit Jeff. Il fait semblant de grimacer. À propos de Diane, vous n'êtes pas les seules à trouver Cliff séduisant.

— Oh, ne sois pas jaloux, se moque Nathalie. Edna a sans doute dit à Cliff qu'elle « te » trouvait mignon.

À la grande surprise des jeunes filles, Jeff éclate de rire.

— Ne sois pas si dur avec toi-même, le rabroue Sophie. Diane sait bien qu'elle a le meilleur ami de la Terre : toi. De toutes façons, Cliff est trop jeune pour elle. Sophie essaie de garder un ton naturel. Quel âge a-t-il d'ailleurs?

— Et depuis combien de temps est-il marié à Edna? enchaîne Nathalie.

Jeff se remet à rire, ce qui surprend les jeunes filles. Au bout d'une minute, il pose sa main droite sur son coeur.

— Je refuse de divulguer des renseignements personnels sur vos professeurs, dit-il d'un ton sérieux.

Sophie pousse un soupir de déception.

— Oh, s'il te plaît! implore Nathalie.

Jeff secoue la tête avec force.

— Rien du tout! Mais Sophie le voit sourire en regardant sa montre. Oh, regardez! Il est déjà quatre heures « vingt-trois » !

— Il a vingt-trois ans! s'écrient en chœur Nathalie et Sophie.

Jeff leur jette un regard innocent tout en se dirigeant vers le téléphone.

— Je crois que je vais lui téléphoner pour voir si tout va bien, dit-il en appuyant sur une touche.

Nathalie porte la main à sa bouche pour ne pas rire tout haut et Sophie affiche un grand sourire.

— Salut, Cliff, c'est Jeff, dit-il tandis que les filles retiennent leur souffle. Comment ç'a été aujourd'hui? Pas aussi horrible que tu le craignais, hein? … Comment va Edna? … L'as-tu laissée sortir?

Sophie et Nathalie échangent des regards perplexes.

— Tu devrais peut-être la laisser sortir, poursuit Jeff. Ce n'est pas elle que j'ai entendue gémir dans la cour?

Jeff observe les filles ouvrir la bouche d'horreur en se regardant.

— Bon, eh bien, je te téléphonerai plus tard cette semaine, dit Jeff en raccrochant en hâte.

En quelques secondes, son rire est devenu incontrôlable, et chaque fois qu'il regarde les visages horrifiés de Nathalie et de Sophie, il pouffe de rire. « Miaou! dit-il enfin. Miaou, miaou! »

Lentement, un sourire ravi se dessine sur le visage de Sophie.

— Oh! Edna est un chat! s'exclame-t-elle, émerveillée.

— Une grosse chatte siamoise, fait Jeff en crachant comme un chat.

Nathalie plisse les yeux et regarde Sophie d'un air espiègle.

— Mais personne d'autre n'a besoin de le savoir, dit-elle.

Les deux amies échangent un petit sourire malicieux.

CHAPITRE 3

Malgré qu'elles se soient vues quelques heures plus tôt, Nathalie et Sophie, comme tous les soirs, bavardent longuement au téléphone.

— Que vas-tu porter demain? demande Nathalie à Sophie en essayant de garder un ton naturel.

— La veste de ski que mon père m'a donnée à Noël, dit Sophie, parce que… hum… je pense qu'il est un peu déçu que je ne la porte pas plus souvent. «Cliff aime le bleu», pense-t-elle en fait.

— Moi, je vais mettre ma jupe et ma veste en jean, fait Nathalie. C'est… heu… tout ce que j'ai de propre. «Cliff aime le bleu», se dit-elle en réalité.

Le silence qui suit les surprend toutes les deux.

— Bon, je crois que je vais te laisser, dit enfin Nathalie. Nous n'avons plus de céréales super-santé, il va falloir que je fasse mon propre mélange.

Sophie raccroche et s'assoit sur son lit. Elle reprend son journal intime recouvert de cuir bleu dans lequel elle écrivait avant que le téléphone ne sonne. Madame Garnier, la professeure d'anglais de l'année dernière, avait incité ses élèves à tenir leur journal personnel. Avant de prendre son congé de maternité, madame Richard les a encouragés à poursuivre cela et Sophie se dit que monsieur Rochester leur fera sans doute la même recommandation. Elle se met à rougir (s'il savait ce qu'elle a écrit quelques minutes plus tôt!) Elle relit la page.

*Aujourd'hui, à midi, Nathalie a dit qu'elle était par-
faitement, complètement, absolument, etc., etc., amoureuse de Cliff. Elle voulait peut-être nous épater,
comme d'habitude. Pourtant, on dirait qu'elle est toujours très sûre de ses sentiments. Elle l'aime sans doute
vraiment.*

*Moi, je ne peux pas dire que je l'aime... pour l'ins-
tant. Tout ce que je peux dire, c'est que, en classe,
quand il nous a parlé de « Les Hauts de Hurlevent »,
son visage rayonnait. J'ai tout de suite su que c'était
une de ces personnes romantiques qui ressentent les
choses très profondément. Comme moi. Et cet autocollant qu'il a posé sur son pare-choc : quelle merveille !
AYEZ UN CHAT POUR AMI ET VOUS AUREZ UN
AMI POUR LA VIE. À présent, je sais de quel chat il
s'agit ! Mais j'ai l'impression très nette qu'IL aime
TOUS les animaux malheureux et sans défense, pas
juste Edna. J'ai donc décidé de lui apporter de la documentation sur le comité de sauvegarde des baleines et
je vais l'inviter à notre prochaine réunion.*

Sophie lève les yeux de son journal. Finalement, la
veste de ski est un bon choix... mais elle devrait peut-
être mettre un peu plus de maquillage que d'habitude,
comme le lui conseille toujours Dorothée. Un peu de
fard à paupières peut-être . . .

Elle se lève et va prendre la palette de fards à paupières toute neuve qu'elle a rangée dans sa commode.
Dorothée la lui a fait acheter quelques semaines plus tôt
et elle ne l'a encore jamais utilisée. Il y a six teintes,
dont un bleu presque identique à celui de sa veste de
ski.

Sophie regarde ses grands yeux noisette dans le

miroir au-dessus de sa commode. Elle a lu un article sur les fards à paupières dans un magazine mais elle ne s'en rappelle plus très bien. Faut-il mettre un fard qui se marie avec la couleur des yeux ou bien avec celle des vêtements qu'on porte?

En bâillant, elle feuillette la pile de magazines qu'elle a placée sur une étagère. Non… elle est trop fatiguée pour chercher l'article. Pourquoi ne pas plutôt téléphoner à Nathalie? Ou à Dorothée? Peut-être même à Denise, qui est encore plus experte que Dorothée en maquillage?

Sophie s'étire sur son lit et, songeuse, se met à regarder le plafond. Non, Nathalie ne lui serait d'aucun secours… elle ne porte que du brillant à lèvres. D'ailleurs, la personne à qui elle demanderait conseil aurait sûrement des soupçons. Elle peut déjà entendre les moqueries : « Tiens, le fard à paupières t'intéresse, Sophie? Ça n'aurait pas quelque chose à voir avec le prof d'anglais, par hasard? » Denise lui ferait peut-être même un autre discours sur les amours entre élèves et professeurs.

Elle s'assoit et reprend son journal. « *Je ne porterai pas de fard à paupières demain* », écrit-elle. « *À présent, je me souviens que le fard doit être de la couleur des yeux et je n'ai pas de vert-brun ni de brun-vert!* » Elle s'arrête un instant et grimace. « *J'ai promis d'être franche avec toi, journal, et je t'ai menti. En fait, je ne me souviens pas de ce que disait l'article. Je ne mettrai pas de fard parce que j'ai peur de ne pas l'appliquer comme il faut, ou d'en mettre trop et de faire rire de moi!* »

Heureuse de sa décision, Sophie se glisse sous les

draps et éteint la lumière.

Dès qu'elle a posé le pied sur le trottoir, en descendant de l'autobus scolaire, Nathalie a su que ce serait une dure journée. Déjà, elle aperçoit Suzanne et Mia, debout devant l'escalier, là où les élèves de secondaire II se rassemblent toujours avant l'école. Suzanne porte un tricot et un pantalon bleu royal. Les cheveux en pointe et le vernis à ongles de Mia sont presque de la même couleur que l'ensemble de Suzanne.

— Pas toi aussi ! s'indigne Suzanne tandis que Nathalie, toute de bleu vêtue, monte l'escalier.

— J'étais certaine que tu porterais un chandail à rayures comme celui du prof !

— Je n'en ai pas, dit Nathalie en se joignant à elles.

Soudain, Mia pousse un gémissement. Nathalie et Suzanne se retournent. Oh non ! Sophie s'avance vers elles dans sa veste de ski bleue. Sophie rit nerveusement et tourne une longue mèche de cheveux noirs entre ses doigts. Elle échange un regard mi-coupable, mi-accusateur avec Nathalie. La *vraie* raison du choix de couleurs des filles est tellement évidente.

— Une chance que nous ne sommes pas toutes assises ensemble au cours d'anglais ! s'écrie Nathalie.

Lucie Amman, qui parle à Johanne Villon, entend la remarque. Elle se retourne et observe le groupe. Elle pose sa main au-dessus de ses yeux comme pour se protéger de l'éclat.

— Ça c'est vrai ! s'exclame-t-elle en riant. Ce serait suffisant pour donner les « bleus » à monsieur Rochester !

Elle s'attendait à ce que Suzanne lui jette un regard méchant, mais pas tout le groupe !

Pendant ce temps, Alexandre marche d'un air important sur le trottoir qui relie les bâtiments des classes des secondaires I et II à ceux des secondaires III, IV et V. Il aime bien se promener sur le terrain des plus vieux pour voir combien de filles le regarderont. « Aujourd'hui, c'est mon jour de chance », pense-t-il. Non seulement une jeune fille lui a souri, mais elle lui a même dit « Salut » ! Et elle avait *au moins* seize ans !

Quand Alexandre arrive à l'escalier principal, il va trouver les filles.

— Bonjour, mes petits anges bleus, dit-il en faisant mine de soulever un chapeau invisible.

Nathalie lui jette un regard glacial. « Des fois, les tentatives de Monsieur le Vantard pour paraître onctueux me dégoûtent ! » pense-t-elle. Elle est sur le point de lui faire une grimace quand Suzanne crie : « Là ! ».

Quatre paires d'yeux suivent la Mustang bleue qui passe lentement devant l'école.

Une cinquième paire d'yeux regarde les filles sans comprendre. « Ce n'était donc pas une crise de folie passagère, pense Alexandre. Hier, c'est un livre qui les a rendues folles et aujourd'hui... une auto ? Je sais bien que Mathieu plaisantait, mais je perds peut-être vraiment mon charme ? » se dit-il tristement. Les filles ont fait mine de l'ignorer !

Alexandre veut en avoir le coeur net.

— Madame Pierre vient de me dire que le système de chauffage est en panne et qu'il n'y aura pas d'école aujourd'hui, dit-il.

Personne ne lui prête attention. Et personne ne le voit s'éloigner, furieux.

— Voilà Dorothée ! fait Nathalie. Elle ferme les yeux

et croise les doigts. « Ne sois pas en bleu ! Ne sois pas en bleu ! » marmonne-t-elle.

Les filles regardent Dorothée descendre de la voiture de sa mère et se dépêcher vers l'escalier. Elles poussent un soupir de soulagement : Dorothée a mis un chandail rose et un pantalon gris.

— Mais je parie que si elle en avait eu un, elle aurait mis un chandail rayé comme celui du prof, se moque Suzanne.

Tandis que Dorothée s'approche, les filles remarquent qu'elle a épinglé sur son chandail un petit Pokey, le cheval de Gumby.

Nathalie se mord la lèvre pour ne pas éclater de rire.

— C'est le logo d'un nouveau designer? demande Suzanne à Dorothée en pointant l'épinglette. C'est un peu vulgaire pour quelqu'un qui est habitué à ne porter que des choses chic.

Dorothée fait la moue.

— C'est pour Cliff que je porte ce Pokey.

— Tu ne vas pas nous dire que Heathcliff t'a confié qu'il était un fan de Gumby et de Pokey? dit Suzanne en roulant les yeux.

— Non, mais il a une Mustang, dit Dorothée.

Les autres la regardent sans comprendre.

— Et alors? fait Nathalie.

— Ma mère m'a dit qu'un mustang c'est aussi un cheval, alors je me suis dit que Cliff devait aimer les chevaux, dit Dorothée, le doigt posé sur le petit cheval.

Monsieur Rochester se tient droit et immobile devant la classe ; il a devant lui une vieille édition de « Les Hauts de Hurlevent » dont il lit un passage à haute voix.

« Nous nous rassemblâmes et, par-dessus la tête de Miss Cathy, je pus apercevoir un petit enfant aux cheveux noirs, sale, en âge de marcher et de parler. En effet, il paraissait plus vieux que Catherine. »

Brusquement, il ferme le livre et laisse tomber son bras sur le côté. Quelques élèves sursautent.

— Voilà le petit garçon qui deviendra Heathcliff plus tard, explique-t-il doucement. Cet Heathcliff que tout le monde considérera comme un monstre. Tout le monde, sauf, bien sûr, Catherine et Hareton... Les yeux noirs perçants de monsieur Rochester passent d'un élève à l'autre. ... et peut-être vous.

Mathieu baisse la tête pour dissimuler un bâillement. Ce roman « Les Hauts de Hurlevent » lui semble si confus qu'il pense à autre chose depuis déjà un bon moment. Ce qui a étourdi Mathieu surtout, c'est que la plupart des hommes du roman portent des noms qui commencent par un H : Heathcliff, Hareton, Hindley. Hindley ! Un gars portant ce nom-là ne doit sûrement pas bien jouer au football ! pense Mathieu en souriant. Monsieur Rochester a dit que cet homme est un personnage assez malicieux et plutôt méchant. Il doit sûrement l'être pour se défendre contre ceux qui voudraient se moquer de son nom... mais voyons... monsieur Rochester a-t-il parlé de Hindley ou de Heathcliff? Ou bien de Hareton?

Mathieu se frotte les tempes et soupire. Dire qu'ils auront à lire deux chapitres de ce livre tous les soirs et à écrire un résumé de leur lecture toutes les semaines !

Une boulette de papier l'atteint sur la joue. Automatiquement, il se tourne vers Jérémie. Alexandre, assis à côté de Mathieu, se tourne lui aussi pour voir ce qui se passe. Jérémie leur sourit et hoche la tête. Puis, il pointe du doigt Nathalie et murmure tout bas « Regardez ça ! ».

Nathalie fixe le professeur avec de grands yeux ébahis. Elle semble à peine respirer. Après l'avoir observée quelques instants, Alexandre note qu'elle ne cligne même pas des yeux. « Encore ce livre », se dit-il, irrité. « C'est comme s'il l'hypnotisait. » Soudain, Jérémie lance une boulette de papier derrière la tête de Nathalie. Elle reste prise dans une de ses boucles.

Nathalie ne bouge pas pour autant.

Jérémie fait une autre boulette plus grosse cette fois-ci qui produit un son bien audible en volant. Jérémie, Mathieu et Alexandre retiennent leur souffle. En plein dans le mille !

Nathalie ne remue pas un muscle.

Déçus, les garçons regardent tout autour d'eux dans l'espoir de surprendre les réactions outrées des amies de Nathalie. À leur grande déception, la plupart des autres filles sont trop occupées à manger des yeux monsieur Rochester. Elles ont toutes le même regard stupide que Nathalie. Le pouvoir de ce roman idiot est vraiment incroyable !

— Vous allez découvrir que Heathcliff est un être déchiré entre l'amour et la haine, dit avec conviction monsieur Rochester. Et qu'il peut aimer aussi profondément qu'il peut haïr. Dommage que nous ne puissions passer toute la période sur « Les Hauts de Hurlevent », mais malheureusement, le programme m'oblige à vous parler aussi de grammaire.

Avec le brusque changement de sujet, Nathalie se met à cligner des yeux à plusieurs reprises comme si elle se réveillait. Elle regarde Cliff retourner à son bureau et remplacer le roman par un livre de grammaire.

— Page 42, s'il vous plaît, dit-il en ouvrant son livre.

Soudain, il se met à bâiller à s'en décrocher la mâchoire.

— Excusez-moi, fait-il en riant. Je crois que j'ai un petit coup de fatigue !

Nathalie se raidit. Il a bâillé de la même manière et il a donné la même raison hier, se souvient-elle. Une personne en bonne santé ne bâillerait pas tous les matins à la même heure. Ce n'est pas un petit coup de fatigue ordinaire !

Lorsque quelques minutes plus tard, la cloche sonne, Sophie bondit de sa chaise et se dirige vers le professeur, sa documentation sur le comité de sauvegarde des baleines sous le bras. En regardant derrière elle, elle voit Suzanne, Dorothée et Mia qui s'avancent elles aussi vers le professeur avec autant de détermination.

Mais Nathalie les dépasse toutes.

« Excusez-moi, Cli... euh... monsieur Rochester », peuvent-elles l'entendre dire en tremblant, « mais il faut absolument que vous me disiez ce que vous avez mangé au petit déjeuner ! »

CHAPITRE 4

— Des céréales givrées ! s'esclaffe Nathalie, encore bouleversée, une heure plus tard. Il a mangé des céréales givrées au petit déjeuner !

Simon se met à rire.

— Tu dis ça comme n'importe qui dirait « Il a mangé de la viande crue avec du miel ! »

— C'est aussi répugnant, si tu veux mon avis ! dit Nathalie en donnant à Simon une autre pomme à couper en dés.

À l'autre bout du comptoir, Dorothée lève les yeux des branches de céleri qu'elle et Sophie sont en train de couper.

— Qu'est-ce que tu as contre les céréales givrées, Nathalie ? Moi, je trouve ça très bon.

Simon fait un large sourire.

— Ce n'est pas seulement très bon, c'est « dééééé-licieux » !

Il connaît Nathalie et Sophie depuis des années et sait comment les taquiner.

— Hé, un peu de sérieux là-bas ! prévient mademoiselle Morin de l'autre bout de la classe.

Nathalie sait que la jeune et jolie professeure de cuisine se retient pour ne pas sourire. Tout le monde l'aime parce qu'elle est drôle et enjouée… même lorsqu'elle rappelle ses élèves à l'ordre.

— Tu ne nous as toujours pas dit ce que tu as contre les céréales givrées, Nathalie, dit Dorothée à voix basse.

Simon pousse un petit grognement.

— Ne l'encourage pas!

— Ne sois pas trop technique, d'accord, Nathalie? dit Sophie. On veut être en état de goûter à cette salade Waldorf... si nous réussissons à la finir!

— Alors, pour commencer, dit Nathalie en tranchant une pomme en deux, les céréales givrées sont enrobées de « mort blanche ».

— Ça, c'est le terme de Nathalie pour « sucre », dit Simon en faisant glisser une série de dés de pommes dans un grand bol en verre.

— Le sucre est déjà très mauvais pour les gens normaux, dit-elle. Mais pour ceux qui font de l'hypoglycémie... pas assez de sucre dans le sang... comme Cliff... c'est désastreux. Quand tu n'as pas assez de sucre dans le sang, tu te sens fatigué et déprimé. Comme Cliff, la plupart du temps.

Sophie prend le bol et y verse le céleri tranché.

— Nathalie, il a seulement bâillé quelques fois, dit-elle doucement.

— Je vais chercher la mayonnaise, dit en poussant un bâillement Dorothée qui commence à trouver la conversation ennuyeuse.

Elle traverse la classe, prend un gros bocal en verre dans l'armoire, essaie de l'ouvrir. Coincé! Pendant quelques instants, elle reste désemparée. Elle se souvient brusquement de ce qui est arrivé quelques semaines plus tôt quand Sophie et Nathalie n'ont pu ouvrir un bocal plein de blancs d'oeufs. Les garçons de la classe se sont presque battus pour l'ouvrir! Ils voulaient tous montrer leur force. Et le charmant Charles Perron a semblé grandir de trente centimètres quand il a réussi à l'ouvrir et que Sophie l'a remercié.

Dorothée regarde les garçons dans la classe. Lequel aura la chance de se montrer « viril » aujourd'hui ? Son regard tombe alors sur Simon. Il est « siiiiiiii » mignon… grand, brun… séduisant, pour être exacte.

Comment Nathalie et Sophie peuvent-elles rester si calmes en lui parlant ? Pourquoi ne semblent-elles pas rêver de sortir avec lui ? Elles disent toujours que c'est un ami d'enfance ; il a sûrement changé depuis la maternelle ! Elles sont aveugles ou quoi ? « Eh bien, si elles ne veulent pas de lui, se dit Dorothée en se dirigeant vers Simon avec le bocal de mayonnaise, moi je le… »

Cliff ! Dorothée s'est arrêtée net. Comment a-t-elle pu l'oublier ? Si ouvrir un bocal donne à un jeune garçon l'impression d'être un homme, imaginez l'impression que cela doit donner à un « vrai » homme !

Cliff, une grammaire ouverte à la main, va et vient en face de la classe.

— Les mots qui se terminent en « ment » sont généralement des adverbes. Mon « généralement » en est un exemple. Quelqu'un peut m'en donner un autre ?

— Il y a à la porte une fille qui agite frénétiquement un pot de mayonnaise, dit quelqu'un.

— Exemple étrange mais correct, dit Cliff en levant les yeux de son livre. Il se rend compte alors de la présence de Dorothée.

— Oh, mais il y a *vraiment* quelqu'un !

Tandis que toute la classe pouffe de rire, Cliff se rend à la porte en trois longues enjambées et suit Dorothée dans le couloir.

— Qu'y a-t-il… euh… tu t'appelles Dorothée, c'est bien ça? lui demande-t-il vivement. Une urgence?

Dorothée le regarde à travers ses longs cils.

— Disons que c'est une urgence pour moi qui suis si faible, dit-elle d'une voix traînante. Je n'arrive pas à ouvrir ce bocal et si je ne l'ouvre pas, je ne pourrai pas finir ma salade. Et j'aurai un zéro en cuisine! ajoute-t-elle avec une petite moue charmeuse.

Cliff la regarde.

— Tu as fait tout le chemin depuis le laboratoire de cuisine pour venir me demander d'ouvrir un bocal?

— Oui, dit-elle avec un grand sourire, prenant l'ébahissement de Cliff pour un signe d'orgueil.

Cliff hausse les épaules. Sans dire un mot, il prend le bocal et l'ouvre.

Dorothée le lui prend des mains.

— Oh, merci, merci, merci, monsieur Rochester! Vous êtes teeeeellement fort! Qu'est-ce que j'aurais fait sans…

— La prochaine fois que tu auras un bocal à ouvrir, place-le sous l'eau chaude, l'interrompt Cliff en jetant nerveusement un regard vers sa classe. C'est toi qui seras dans l'eau chaude si tu te fais prendre en dehors de ta classe sans permission.

— Dans l'eau chaude? fait Dorothée, complètement désemparée.

— Tu auras des ennuis, si tu préfères, lui dit Cliff en regagnant la porte. Maintenant, retourne dans ta classe avant que ta disparition soit remarquée. Il jette un coup d'oeil au petit cheval Pokey épinglé et fait un grand sourire à la jeune fille. Et ne tire pas trop de la patte!

Dorothée n'a pas compris qu'il a voulu lui dire de se

dépêcher. Tout ce qu'elle sait c'est qu'il a aimé son Pokey et qu'il l'aime bien, elle! Le sourire l'a prouvé.

Ce jour-là, après les cours, Sophie s'est ruée dans le couloir en espérant qu'il ne serait pas trop tard. Pourquoi monsieur Allard, le professeur de français, l'a-t-il choisie, elle, pour porter ce message au bureau? Le détour lui a fait perdre deux bonnes minutes.

Une cinquième fois, elle jette un coup d'oeil derrière elle. «Du calme, Sophie, se dit-elle. Personne ne te suit. Suzanne avait un rendez-vous chez le dentiste, Dorothée est dans le laboratoire de cuisine en retenue pour avoir quitté le cours sans permission. Et Nathalie et Mia sont à l'atelier d'art dramatique.» Sophie aurait dû y être elle aussi s'il n'y avait pas eu la réunion à l'orphelinat. Elle devrait donc avoir une minute seule avec Cliff... si elle se dépêche.

Il est là! Une seconde de plus, et ç'aurait été trop tard! Cliff est sur le point de sortir dans le terrain de stationnement.

— Monsieur Rochester! crie-t-elle en se mettant à courir.

Il se retourne, ses épais sourcils noirs relevés.

Elle s'arrête devant lui, à bout de souffle.

— Avez-vous eu... eu le temps de lire la documentation que j'ai déposée... déposée sur votre bureau ce matin? halète-t-elle.

— C'est donc toi qui l'a laissée là... euh... Sophie. C'est ça?

Sophie acquiesce timidement.

— Oui, je l'ai lue, dit-il. Et je serai très heureux d'assister à votre prochaine réunion.

— Monsieur Rochester, j'espère que vous n'avez pas

cru les articles de journaux qui disaient que tous les pays avaient signé l'accord, dit Sophie. Ce qui c'est vraiment produit c'est… vous quoi? fait-elle la voix cassée.

— J'irai à votre prochaine réunion, dit Cliff en riant. Je suis nouveau en ville et je voudrais m'impliquer un peu. Et le comité me paraît intéressant.

Sophie reste sans voix.

— Bon, dit Cliff en lui faisant un petit salut de la main, à demain soir à la réunion.

Tandis qu'il sort, Sophie est trop abasourdie pour lui dire qu'il la verra aussi en classe, elle, Sophie Miller, la fille la plus chanceuse du monde!

Dans un autre couloir, Alexandre et Mathieu se dirigent à pas rapides vers l'auditorium. Ni l'un ni l'autre ne veulent être en retard à la réunion de l'atelier d'art dramatique parce que madame Houdin fait parfois faire des improvisations embarrassantes aux retardataires. Il y a quelques semaines, elle a demandé à Mathieu (lui, le capitaine de l'équipe de football!) de monter sur scène et de mimer un enfant faisant ses premiers pas. Juste d'y penser, ses oreilles en deviennent rouges.

Ils sont brusquement coupés par un rouquin sur roues. Jérémie saute de sa planche à roulettes et lève le bras pour les faire s'arrêter.

— Dernières nouvelles : les filles ne sont pas amoureuses du gars dans le roman ; elles sont amoureuses de Rochester.

Mathieu et Alexandre éclatent de rire.

— Oui, et moi je suis amoureux de ma grand-mère, rétorque Alexandre.

Lui et Mathieu contournent Jérémie et poursuivent

leur chemin.

Jérémie les suit.

— Attendez! Je suis sérieux! Vous n'avez pas remarqué ces regards étranges qu'elles avaient ce matin… même lorsqu'il ne parlait plus du roman?

— Elles étaient sans doute encore émues par le livre, c'est tout, dit Alexandre.

— Écoute Jérémie, on est pressés, dit Mathieu. À ta place, je garderais mes théories stupides pour moi. Sinon, tu vas te faire enfermer. Il se met à rire. Rochester! répète-t-il en tournant la poignée.

— Attendez, j'ai une autre preuve! s'écrie vivement Jérémie. Cet après-midi, au cours d'histoire, j'ai entendu Dorothée dire à Denise combien Cliff était fort et séduisant quand il a ouvert son pot de mayonnaise et qu'elle était encore plus folle de lui. Excusez-moi, mais à moins qu'on ne soit dans la cinquième dimension, les personnages de roman n'ouvrent pas nos pots de mayonnaise.

Mathieu et Alexandre échangent un regard et Mathieu porte son doigt à sa tempe comme pour dire « Il est complètement fou ».

— Tu « es » dans la cinquième dimension, dit Alexandre à Jérémie. Qu'est-ce que Dorothée ferait dans le cours d'anglais avec un pot de mayonnaise?

Sans attendre la réponse, Mathieu et Alexandre entrent dans l'auditorium. Génial! Tout le monde est assis et madame Houdin est sur la scène. Ils sont en retard.

La professeure leur lance un petit sourire.

— Ah, monsieur Dupuy, monsieur Rivard! Nous vous attendions! Montez donc sur scène pour me mimer des tranches de bacon dans une poêle qu'on vient de placer à feu très vif!

Ce soir-là, Nathalie, juchée sur une échelle, examine les étagères remplies de livres de cuisine au-dessus du réfrigérateur. Quelques minutes plus tard, elle se retourne et regarde sa mère assise à la table de la cuisine. Jessica Ryan est avocate et comme presque tous les soirs, la table est couverte de livres de loi.

— Maman, as-tu vu le livre que tante Berthe m'a donné à Noël l'an dernier? lui demande Nathalie.

Madame Ryan met son doigt sur une page pour la retenir et, le regard dénué d'expression, lève les yeux vers sa fille.

— Tu sais bien, dit Nathalie, celui avec toutes les recettes sans sucre, sans gras, sans sel.

— Ah oui, celui qui devrait s'appeler « La cuisine sans plaisir », dit madame Ryan en riant. Il est quelque part là-haut. Regarde dans le classeur bleu. Il a peut-être été mis là par erreur.

— Je l'ai! fait Nathalie en redescendant.

Sylvie, la soeur aînée de Nathalie, entre dans la cuisine. Comme toujours, elle porte des collants et des jambières de laine.

— Oh non! s'exclame-t-elle en apercevant le livre que tient Nathalie. Tu ne vas pas encore nous faire cet affreux pain, hein? Ce machin qui avait un goût d'éponge à la sciure de bois?

— Je ne fais pas de cuisine, ce soir, réplique Nathalie avec hauteur. Mais le pain dont tu parles est excellent pour la santé, si tu veux savoir. Il ne contient ni sel, ni sucre, ni gras.

— Il est immangeable aussi, affirme Sylvie en se dirigeant vers le réfrigérateur. Même papa l'a admis, lui qui est toujours de ton avis.

— Sinbad, lui, l'a bien aimé, dit madame Ryan. Il l'a tout mangé.

— Tu remercieras ce cher hamster de ma part, rétorque Sylvie en se versant un grand verre de lait.

— Je croyais que tu devais étudier pour ton examen d'histoire, ce soir? lui demande sa mère.

— Mais c'est ce que je fais, répond Sylvie en refermant le réfrigérateur.

— Alors, qu'est-ce que c'est que cette musique et ces coups sourds que j'entends chaque fois que je passe devant ta chambre?

— J'étudie toujours mieux quand je m'exerce d'abord, lui explique Sylvie. Un verre de lait dans une main, et une pomme dans l'autre, elle réussit à faire une pirouette avant de sortir de la pièce en dansant.

Malgré que Sylvie ait critiqué son pain, Nathalie ne peut s'empêcher de regarder sa soeur avec affection. Étudiante à l'université, elle est débordée de travail; elle rêve de devenir danseuse.

— Que fais-tu avec ce livre de cuisine? demande madame Ryan à Nathalie.

— Eh bien, un de mes professeurs est de toute évidence hypoglycémique…

— C'est un taux de sucre trop bas dans le sang, non?

Nathalie acquiesce.

— Je vais lui composer un régime avec beaucoup de protéines et très peu de sucre et d'hydrocarbones. Il y a de bonnes recettes sans sucre dans ce livre. J'ai pensé m'en servir.

Madame Ryan a l'air surpris.

— Ce professeur t'a demandé des conseils sur la nutrition?

Nathalie rit nerveusement.

— Eh bien, pas vraiment, maman. Mais je vais le lui suggérer.

Madame Ryan ouvre la bouche pour dire quelque chose mais elle se ravise et retourne à ses livres de loi.

— Il se sentira beaucoup mieux, affirme Nathalie, davantage pour se persuader elle-même que pour convaincre sa mère. «Est-ce que j'ai assez de courage pour donner un régime à un prof? se demande-t-elle. Un régime qui va lui demander une transformation complète de son mode de vie?»

Nathalie prend une grande respiration, relève la tête et se dirige vers sa chambre avec le livre. Bien sûr qu'elle a assez de courage! Après tout, le régime améliorera la vie de Cliff. Il sera plus heureux, il aura plus d'énergie que jamais auparavant. Et qui remerciera-t-il? Qui aimera-t-il le plus?

«Moi», pense Nathalie, tout heureuse.

CHAPITRE 5

Quelques jours plus tard, un matin, Suzanne se tient devant la porte qui donne sur le terrain de stationnement des professeurs. Pour la troisième fois, elle jette un coup d'oeil à sa montre : deux minutes encore. « Heathcliff » entre toujours par cette porte à sept heures quarante-cinq tapantes.

Avec rage, Suzanne se souvient comme Nathalie, Sophie, Mia et Dorothée les ont suivis, elle et Cliff, lorsqu'elle a accompagné celui-ci à son auto, la veille. « Heureusement, pense Suzanne, je suis la seule à être assez intelligente pour attendre Heathcliff « avant » l'école. À moins que je ne sois la plus brave ? » La plupart des élèves de secondaire II ne seront même pas à l'intérieur de l'école quand la cloche sonnera. « Ils peuvent mourir gelés dehors si ça leur chante, moi je m'en moque, se dit-elle en faisant gonfler sa frange de ses doigts. Heathcliff est bien plus important que l'opinion des autres. »

De toute façon (elle jette un rapide coup d'oeil autour d'elle) qui la verra ? Le petit couloir est désert.

La porte s'ouvre et une bouffée d'air froid s'engouffre dans le couloir. Suzanne se détourne et fait semblant de lire les feuilles accrochées au babillard qui annoncent encore un bal d'Halloween vieux de plusieurs semaines.

— Oh, je pense que je dois faire à peu près soixante kilomètres au litre.

C'est Heathcliff!

— C'est assez bon pour la conduite en ville, répond monsieur Allard.

Zut! C'est le troisième matin que Heathcliff n'est pas seul. La veille, il était avec mademoiselle Morin. Pourquoi donc arrivent-ils tous en même temps? se demande Suzanne, contrariée.

Une autre vague d'air froid précède un groupe de professeurs dont certains sont accompagnés de leurs enfants qui étudient à l'école. Suzanne se sent soulagée; elle peut maintenant suivre Heathcliff discrètement. Elle marche près du second groupe tout en essayant de se concentrer sur la conversation entre Heathcliff et monsieur Allard.

— Comment va Edna? demande monsieur Allard.

Tout excitée, Suzanne se rapproche un peu. Elle va enfin en savoir davantage sur la femme de Heathcliff!

Celui-ci secoue tristement la tête et lève le bras. Suzanne aperçoit alors une longue et profonde griffure.

Monsieur Allard pousse un sifflement appréciateur.

— Toute une égratignure!

— C'est la façon d'Edna de me dire combien elle déteste l'endroit, dit Heathcliff d'un ton sinistre.

Suzanne s'arrête net, sourde aux éclats de rire des autres professeurs qui bavardent autour d'elle. La bouche grande ouverte, elle regarde Heathcliff, ébahie.

Plus tard dans la matinée, au cours d'anglais, Nathalie jette pour la troisième fois, un petit regard furtif vers Cliff sans pour autant lever la tête de son cahier. Les élèves ont une partie du cours pour faire leur résumé d'un chapitre du roman. Mais Nathalie est trop nerveuse et trop excitée à l'idée de lui donner son nouveau régime. À la place, elle griffonne sans relâche « Nathalie Rochester », « Nathalie Ryan-Rochester » et « Docteur Nathalie Ryan-Rochester » en caractères si petits que sa voisine aurait sûrement besoin de longue-vue pour le lire.

Nathalie suit des yeux Cliff qui se dirige vers la fenêtre. Il reste là, immobile, à regarder dehors, perdu dans ses pensées. Elle aime le veston de tweed qu'il porte sur son coton ouaté rayé. Il y a beaucoup de vert dedans. Elle regarde sa robe de coton ouaté verte. Ils seraient si beaux tous les deux l'un à côté de l'autre ! Nathalie soupire – ils seraient encore plus beaux si elle n'était pas si petite !

Sans répit, elle tapote le papier avec son crayon. Après le cours, il sera entouré de filles, comme toujours. Aura-t-elle le temps de faire plus que de lui remettre le régime avant que quelqu'un d'autre ne requière son attention?

Une minute avant que la cloche sonne, Mia se lève pour aller tailler son crayon. Elle a des disques sous le bras. Nathalie est furieuse – Mia est maintenant bien plus près qu'elle de la fenêtre. Nathalie jette un coup d'oeil autour d'elle… Il lui faut une raison de se rapprocher de Cliff. Mais elle n'en trouve pas.

La cloche sonne. Nathalie bondit de sa chaise et se précipite vers l'avant. À sa grande joie, elle voit Mia qui, dans un élan semblable, a foncé droit sur Alexandre. Nathalie est maintenant en tête.

— Monsieur Rochester ! s'écrie-t-elle en tendant les feuilles sur lesquelles elle a noté le régime. Votre fatigue est sans doute le résultat d'une hypoglycémie.

Cliff hoche la tête et avale sa salive.

— Le…?

— Monsieur Rochester! Je vous ai apporté d'autres disques! lance Mia. Je crois que vous aimerez le groupe Throbbing Gristle…

— C'est un taux de sucre trop bas, l'interrompt Nathalie.

— Pas du tout! réplique Mia. C'est un groupe punk qui a malheureusement été dissout il y a quelques années, mais il y a Black Flag qui est…

La tête de Cliff va de Nathalie à Mia et de Mia à Nathalie.

Nathalie regarde Mia.

— Je parle d'hypoglycémie! Elle se tourne vers Cliff. Ça se produit quand le mécanisme qui régularise votre taux de sucre se détraque et la seule façon de régler le problème c'est de suivre un régime de ce genre. Elle pointe les feuilles.

Soudain, Dorothée vient se placer juste devant elle.

— Oh, monsieur Rochester… pourriez-vous retirer le capuchon de ce vilain stylo? Je ne suis pas assez forte pour le faire.

— Avez-vous vu? demande Suzanne à Nathalie et à Sophie quelques heures plus tard. Mia a donné d'autres disques punk à Heathcliff. Il va s'étirer un muscle s'il essaie de transporter tout ça.

Nathalie hoche la tête et se frotte les bras. Elle a la chair de poule. Il fait toujours froid dans le gymnase et le fait de porter un short ne l'aide pas.

— Pourquoi Mia insiste-t-elle autant? demande Nathalie. Il ne ramène même pas les disques chez lui pour les écouter.

— Elle m'a dit que certains jours, il en écoute en classe à l'heure du dîner, chuchote Sophie. Mia parle à Denise à quelques pas d'elles, il ne faut pas qu'elle les entende. En plus, Suzanne, Mia ne les donne pas à Cliff. Elle m'a dit qu'elle les lui prêtait seulement.

— Elle fait mieux de ne pas les lui donner. Ce sont des cadeaux de Dani.

Les yeux de Suzanne se mettent à briller.

— Vraiment? C'est intéressant, ça. La prochaine fois que je verrai Dani, je lui demanderai s'il sait où sont passés ses précieux cadeaux. À propos... Suzanne s'interrompt une seconde. Oh, laissez tomber. Elle s'éloigne.

Nathalie, toujours gelée, se frotte les mains. Elle déteste ces exercices aérobiques quotidiens, mais, aujourd'hui, elle souhaiterait presque que la séance commence plus tôt.

— J'ai besoin d'un réchauffement, je suis congelée, marmonne-t-elle à Sophie.

Celle-ci lui lance un sourire compréhensif. Madame Sinclair fait son entrée. Sophie jette un coup d'œil à l'horloge protégée par une grille d'acier. Encore trois minutes. Tel un sergent, madame Sinclair n'est jamais en retard.

— À propos, dit Sophie à Nathalie, tu ne m'avais pas dit que tu avais déjà fini ton résumé de « Les Hauts de Hurlevent » ! Ce n'est pas ça que tu as remis au prof ce matin?

Nathalie rit nerveusement et passe la main dans ses cheveux bruns bouclés.

— Non, c'était un régime.

Sophie n'en revient pas.

— Oh, Nathalie, tu n'as pas fait ça!

— Mais oui! Je lui ai expliqué ce qu'était l'hypogly-cémie et il a hoché la tête; il a eu l'air vraiment inté-ressé... ému même.

Sophie secoue la tête.

— Je t'ai regardée lui parler, Nathalie. À vrai dire, il avait plutôt l'air interloqué ou quelque chose du genre.

— Il a fallu que mon explication soit très rapide, dit Nathalie d'un ton fâché. Mia n'arrêtait pas de s'inter-poser entre nous et d'agiter ses disques devant la figure de Cliff.

Suzanne s'approche d'elles et s'éclaircit la voix.

— Les filles, je...

Nathalie et Sophie se sont tournées vers elle. Suzanne secoue la tête et ferme la bouche. Puis l'ouvre de nou-veau et la referme.

— Qu'y a-t-il, Suzanne?

«Oh, pourquoi pas? se dit Suzanne. Je ne peux pas garder ça pour moi toute seule plus longtemps.»

— Ce matin, j'ai entendu Heathcliff dire à monsieur Allard la chose la plus affreuse qui soit. Il lui a montré une égratignure terrible sur son bras. Et puis il lui a dit que sa femme l'avait attaqué, juste parce qu'elle déteste la ville.

Sophie se mord la lèvre. Elle n'ose pas regarder Nathalie.

Nathalie hoche la tête, l'air très sérieux.

— Oui, Jeff nous a raconté qu'Edna avait des problè-mes, explique-t-elle. Il nous a dit que Cliff devait la laisser enfermée toute la journée et qu'elle hurlait.

Les traits figés par l'émotion, Suzanne hoche légèrement la tête. Sophie se penche pour nouer son lacet, de peur que Suzanne ne remarque la grimace qu'elle doit faire pour ne pas pouffer de rire.

— Jeff nous a dit aussi que quand Cliff rentre chez lui, il laisse Edna sortir quelques minutes, enchaîne Nathalie sérieusement, mais il doit la surveiller continuellement pour ne pas qu'elle se sauve.

Suzanne, le visage toujours pétrifié, les yeux écarquillés, s'est mise à reculer d'effroi.

À cet instant, madame Sinclair se met à courir sur place en soufflant dans son sifflet.

— Deux rangées de dix! aboie-t-elle. Allons-y, au pas de course!

Sophie et Nathalie se ruent à leur place.

— C'était méchant! dit Sophie à Nathalie. Tu lui as brisé le coeur.

Elle se laisse enfin aller à ricaner mais son rire est couvert par les coups de sifflet de madame Sinclair.

Nathalie lui sourit.

— Une fille de moins dans la course. Il ne reste plus que Mia et Dorothée.

« Et nous deux », pensent-elles toutes deux en échangeant des petits regards coupables.

— Continuez à bavarder, mesdemoiselles, et vous aurez des tours de piste à faire pendant l'heure du dîner, hurle madame Sinclair.

Nathalie et Sophie se taisent immédiatement. Le professeur fait l'appel.

— Suzanne Mills?

— Présente? murmure Suzanne faiblement, comme si elle posait une question. Nathalie et Sophie n'osent pas se regarder de peur d'éclater de rire.

Quelques minutes plus tard, une musique entraînante envahit le gymnase.

— Je veux vous voir suer! hurle madame Sinclair d'une voix qui enterre presque la musique.

D'habitude, Suzanne déteste les exercices aérobiques autant que Nathalie. Mais aujourd'hui, elle se sent à peine sauter, donner des coups de pieds, se plier. La femme de Heathcliff est folle! Il doit la tenir enfermée! Un vrai roman! Comme c'est tragique! Comme c'est horrifiant!

Et comme c'est romantique aussi!

Ce jour-là, après les cours, Alexandre, appuyé contre le mur, attend que Denise sorte du vestiaire des filles. Dix mètres plus loin, un pied sur sa planche à roulettes, Jérémie fait semblant d'être absorbé par « Les hauts de Hurlevent ». Mais, toutes les trente secondes, il lève les yeux vers ceux d'Alexandre et hoche la tête en signe d'encouragement.

Denise sort enfin en fermant son sac Gucci.

— Pourquoi tant de hâte, beauté? lui demande Alexandre en lui barrant la route.

— Laisse-moi passer, fait Denise d'une voix irritée. J'ai un rendez-vous avec Sylvain Pelletier et je suis déjà en retard.

En temps normal, ce genre de remarque aurait rendu Alexandre jaloux. Mais aujourd'hui, il se sent soulagé : Denise n'est pas passée devant lui sans le voir, elle n'a pas crié à une autre fille quelque chose à propos d'un terrain de stationnement ou d'un roman idiot. Un roman dont le personnage principal paraît assez méchant d'ailleurs, d'après ce qu'a pu comprendre

Alexandre. Enfin, une fille normale! Juste le genre de fille à qui il avait besoin de parler.

— D'accord, dit-il à Denise, je vais t'accompagner.

Et c'est ce qu'il fait, au grand regret de Denise. Pire encore, en jetant un coup d'oeil derrière elle, elle aperçoit Jérémie qui les suit sur sa planche à roulettes.

Elle s'arrête et se tourne vers Alexandre en poussant un soupir.

— Qu'est-ce que tu veux?

Elle doit absolument s'en débarrasser avant que Sylvain, le plus beau garçon de l'école, ne la voit avec des voyous comme eux! Contrairement à son habitude, Alexandre semble ne pas savoir quoi dire. Une première!

Il ouvre la bouche puis la referme. «Comment Jérémie a-t-il pu l'attirer dans tout ça? se demande-t-il. La question est ridicule et peu importe la façon dont je la pose, ce sera comme si j'admettais avoir des problèmes avec les filles!»

— Il veut savoir si les autres filles sont amoureuses de Rochester, dit Jérémie.

Denise pousse un soupir d'impatience et roule les yeux.

— Oui! Et j'étais bien contente d'avoir à rattraper un examen à midi! J'en ai assez d'entendre parler de ce Cliff Rochester!

Jérémie lance un sourire triomphant à Alexandre.

— Qu'est-ce que je t'avais dit?

Alexandre reste sans voix, mais cette fois, c'est le choc qui l'a rendu muet. Denise a tourné les talons et s'éloigne. Alexandre court derrière elle et réussit à ouvrir la bouche.

— Est-ce qu'on peut faire quelque chose? lui demande-t-il tout penaud.

Denise chasse une mèche de cheveux blonds dans son dos.

— Absolument rien. Il faut laisser les choses s'arranger d'elles-mêmes. Et ça arrivera tôt ou tard, je te le promets. Espérons que ce soit tôt.

Elle laisse échapper un grand soupir.

— Combien de passions de ce genre devrai-je encore endurer? demande-t-elle en levant les yeux au plafond. Enfin, chacun doit faire ses propres expériences.

Elle se tourne de nouveau vers Alexandre et Jérémie.

— Écoutez, la seule chose que vous pouvez faire pour l'instant c'est d'agir comme si de rien n'était. Quoi que vous fassiez, ne vous moquez pas de monsieur Rochester devant elles. Ce serait pire. Elles seraient encore plus poussées à le protéger.

Denise jette un coup d'oeil à la montre en or qu'elle a achetée en Suisse.

— Oh, je suis en retard. Salut. Elle s'éloigne rapidement.

— Attends! crie Alexandre en colère. On ne peut pas faire comme si de rien n'était! Les filles ne nous remarquent même plus! C'est un conseil idiot!

Denise se retourne mais continue à marcher.

— Excusez-moi, mais je ne suis pas le Courrier du coeur! D'ailleurs, il vous dirait sans doute la même chose! Vous n'avez qu'à écrire! Et elle disparaît derrière le coin.

Une fille qui passait par là laisse échapper accidentellement un livre et Jérémie, sur sa planche à roulettes, passe tout près pour la taquiner.

— Est-ce qu'on devrait? demande-t-il à Alexandre.

— Quoi?

— Écrire au Courrier du coeur.

— Non, ça prendrait trop de temps avant de recevoir une réponse, dit Alexandre l'air absent. Mais je pense que j'ai un plan. Allons trouver Mathieu et Dani pour en discuter.

À huit heures et demie, ce soir-là, Suzanne laisse échapper son stylo, se frotte les yeux et ajuste sa lampe de bureau. En bâillant, elle relit la dernière phrase qu'elle a écrite. Si elle-même trouve son propre résumé ennuyeux, qu'en pensera Heathcliff qui en a vingt-cinq à lire? Et le sien ne sera pas différent des autres. Oh, bien sûr, elle a essayé de prendre sa plus belle écriture et d'utiliser le plus possible des grands mots. Mais son résumé ne sera pas différent de celui des autres. Comment pourrait-il en être autrement puisque tout le monde a lu le même livre? Dans un élan de frustration, elle donne un coup de poing sur le bureau.

À cet instant précis, la voix de Van Halen se met à rugir dans la pièce voisine.

Suzanne se lève et cogne contre le mur.

— Ferme ça! crie-t-elle.

— Désolée, mais je ne t'entends pas! réplique en criant Josée, sa soeur de seize ans.

« Très drôle », pense Suzanne irritée, en se jetant sur son lit. Josée sait que Suzanne déteste la musique Heavy Metal. Et Suzanne sait que Josée ne l'aime pas tellement non plus. Elle a reçu ce disque en cadeau.

« Elle me punit, pense Suzanne, mais de quoi? Parce que je l'ai traitée de grosse mollasse quand elle a pris le dernier morceau de gâteau? Ou bien parce que j'ai dit que son nouvel ami ressemblait à un croisement de Fred Cailloux et du petit bonhomme Pillsbury? »

Suzanne sourit malicieusement. Parfois, il est plus intéressant de trouver la raison qui pousse les gens à agir que d'examiner les actes eux-mêmes.

D'un bond, elle s'assoit. Mais oui! Elle sait comment écrire quelque chose de différent! Au lieu de décrire simplement ce qui se passe dans « Les Hauts de Hurlevent », elle va aussi expliquer pourquoi. Elle va prendre chaque personnage séparément, analyser sa personnalité, retourner à son enfance, agir comme une vraie psychologue! Elle pense au pauvre Heathcliff, forcé de surveiller une folle. Il sera tellement fasciné par ses théories… tellement impressionné!

Elle prend son stylo.

Quand elle le redépose enfin, il est plus de onze heures. Épuisée mais satisfaite, elle relit les deux dernières phrases de son travail de cinq pages. « À cause de la cruauté dont Heathcliff a souffert étant petit, une partie de sa personnalité aime voir ses ennemis se détruire, comme on peut s'en rendre compte au chapitre huit avec Hindley. On remarque aussi que, plus Suzanne devient arrogante et hautaine, plus Heathcliff l'aime. »

Suzanne retient son souffle. Elle a écrit « Suzanne » au lieu de « Catherine »! Est-ce seulement parce que son stylo a glissé, ou bien plutôt… *un présage*.

CHAPITRE 6

Le mardi suivant, Cliff passe lentement entre les pupitres pour remettre les résumés corrigés.

— Tout le monde devrait avoir lu le chapitre dix, maintenant, dit-il. Alors, qui peut me dire pourquoi Edgar est tellement préoccupé par l'amour qu'Isabelle porte à Heathcliff, son rival qui habite de l'autre côté de la lande?

Plusieurs mains se lèvent.

— Dorothée? dit Cliff d'un ton un peu surpris.

Dorothée baisse la main.

— Qu'est-ce que c'est que la lande?

Suzanne se retourne et dévisage Dorothée. Elle lui a déjà expliqué ce que c'était!

— Qu'est-ce que c'est, une idiote? bougonne-t-elle entre ses dents. Près d'elle, plusieurs élèves se mettent à rire.

Cliff explique le mot «lande», puis jette un coup d'oeil à sa montre.

— Bon, nous allons laisser «Les Hauts de Hurlevent» et nous attaquer à la construction de phrases. Pour donner suite à ce que nous avons vu hier, qui peut me faire une phrase contenant un adverbe et un adjectif? Attendez, un peu plus difficile: je voudrais une phrase qui contienne deux adverbes et deux adjectifs.

Sophie lève la main.

— Vas-y, Sophie, dit Cliff.

Sophie jette un bref regard en direction de Nathalie

et se retient pour ne pas rire.

— «Lentement et précautionneusement, je mords dans un beigne riche et moelleux.»

— Oh, ne me torture pas comme ça! fait Cliff. Nathalie m'a interdit de manger des ... Il se tait et regarde Nathalie. Est-ce que j'ai le droit de prononcer le mot, Nathalie? Nathalie m'a interdit de manger des beignes et tout ce qui peut se manger!

Suzanne et Mia se redressent sur leurs chaises et se tournent vers Nathalie en affichant de grands sourires triomphants. Nathalie baisse la tête, se mord la lèvre et sent les larmes lui monter aux yeux.

— Mais, ajoute Cliff en faisant un magnifique sourire à Nathalie, je la remercie de sa gentille pensée.

Nathalie relève la tête, toute rayonnante.

Lorsque la cloche sonne, elle est de si bonne humeur, qu'elle manque glisser en sortant.

Sophie l'attend dans le couloir. «Je ne vais pas la laisser se vanter», se dit Sophie en voyant Nathalie toute souriante.

— Est-ce que je t'ai dit qu'il m'avait souri deux fois à la dernière réunion du comité de sauvegarde des baleines? demande-t-elle à Nathalie avant que celle-ci puisse ouvrir la bouche.

— Tu me l'as dit trois fois, dit gaiement Nathalie.

Tandis qu'elles marchent vers le vestiaire, elle constate, ravie, que ses bottes de cuir la grandissent; elle est à peine plus petite que Sophie en souliers de course. Quelle journée formidable!

— Eh bien peut-être que tu n'as pas bien compris ce que je voulais dire, fait Sophie. Il m'a souri «pendant» la réunion, alors qu'il aurait dû prêter attention à la personne qui parlait.

— Oui, oui. Tu me l'as déjà dit trois fois, répète Nathalie. À propos... je pense que ce n'est pas juste de demander à Cliff de consacrer autant de temps au comité en ce moment. C'est très dur pour le corps de s'adapter à une nouvelle alimentation ; il ressent peut-être encore un peu de fatigue. Donne-lui au moins quelques semaines pour s'y habituer.

Sophie lui fait un sourire innocent.

— Ne t'en fais pas, Nathalie, se moque-t-elle. Il peut reprendre des forces avec les chips et le Coke que tout le monde apporte aux réunions.

À midi, Suzanne est bien décidée, elle aussi, à ce que Nathalie ne se vante pas trop de sa petite histoire. Elle s'avance avec un bol de pouding et son résumé de roman vers la table habituelle que partagent les filles.

— Faites-le passer ! ordonne-t-elle. Mais attention ! ne renversez rien dessus... Je veux l'encadrer.

Sophie le lui prend des mains. Dans le haut de la page, Cliff a inscrit « Excellent ! Tu as réussi à dégager ce qui rend les personnages si intenses. C'est un travail de niveau collégial. »

— Formidable ! dit Sophie avec une pointe d'envie dans la voix. Elle passe les feuilles à Nathalie qui les lit et les tend ensuite à Dorothée.

Suzanne sourit avec hauteur.

— De toute évidence, Heathcliff préfère la plus intellectuelle d'entre nous.

Dorothée lit lentement les commentaires de Cliff en remuant les lèvres. Lorsqu'elle a terminé, elle lève les yeux.

— Tu te trompes Suzanne. Je pense que les hommes aiment les filles qui leur donnent l'impression d'être intelligents !

— C'est ce que tu essaies de faire, Dorothée? raille Suzanne. Eh bien, laisse-moi te dire que des questions comme celles que tu as posées aujourd'hui ne contribuent sûrement pas à ce qu'ils se sente intelligent, et toi, elles te font passer pour une idiote ! D'ailleurs, un homme qui aime un roman comme « Les Hauts de Hurlevent » ne peut pas aimer une tête pleine de vent. Elle se met à rire gaiement.

Dorothée est sur le point de répliquer quand Jérémie, le nez en l'air, s'approche de la table. Il ne regarde même pas les filles. Denise le suit avec son plateau.

— C'est bizarre, dit Sophie en se poussant pour faire de la place à Denise. Je me demande pourquoi Jérémie n'est pas venu nous embêter selon son habitude?

C'est ensuite au tour d'Alexandre de passer près de la table avec son irrésistible sourire. Il s'arrête.

— Allô, Denise, dit-il comme si elle était toute seule.

Puis Jérémie passe de nouveau en se râclant la gorge.

— Qu'est-ce qui leur arrive? demande Nathalie.

Denise se rappelle soudain la conversation qu'elle a eue avec Alexandre la semaine précédente.

— J'ai l'impression qu'ils ont décidé de ne pas faire attention à vous parce que vous ne faites pas attention à eux, dit-elle.

Suzanne renifle.

— Pour ça, ils ont vraiment l'air de vouloir nous montrer qu'ils ne veulent pas nous prêter attention !

Sophie se tourne vers Denise.

— Tu veux dire qu'ils sont fâchés à cause de ...

— Ne prononce pas son nom! s'exclame Denise en se bouchant les oreilles. Est-ce qu'on ne pourrait pas passer seulement cinq minutes sans parler de C-L-I-F-F? Elle laisse tomber ses bras en soupirant. Mais oui, les garçons veulent vous punir, selon moi.

— Tu appelles ça une punition? lui demande Suzanne en pointant du doigt Jérémie qui passe une fois de plus près de la table. C'est merveilleux, au contraire! Plus de doigts dans notre pouding. Nous n'avons plus à craindre la contamination!

Après l'école, Dorothée remet un peu de brillant sur ses lèvres.

— Voici Dani avec Mathieu et Alexandre, murmure-t-elle, en se regardant dans le miroir qu'elle a installé dans son casier. Tu n'avais pas quelque chose à dire à Dani, Suzanne?

Suzanne ferme son casier et se retourne.

— Hé! Dani! C'est toi qui as donné tous ces disques à monsieur Rochester? C'est vraiment gentil de ta part, dit-elle malicieusement.

À sa grande surprise, les garçons passent sans dire un mot, sans même la regarder.

— Je parle de disques punk, Dani! crie Suzanne en se demandant si Dani l'a entendue. Trente disques punk, pour être plus exacte!

Les garçons ne se retournent même pas. Ils tournent le coin et disparaissent.

— Je ne pensais pas que ça durerait si longtemps, dit Suzanne. Ni que Dani serait avec eux.

— Avec eux pour quoi? lui demande Dorothée.

— Pour la fameuse «punition».

Dorothée semble ne pas comprendre.

— Tu veux dire qu'ils nous punissent aussi, maintenant? En plus de ne plus nous parler?

Suzanne pousse un soupir exaspéré.

— Quelle lambine! Étais-tu avec nous à table, à midi, ou quoi?

— Je pensais à Cliff, dit Dorothée en faisant la moue. Soudain, elle écarquille les yeux. Ça me rappelle! Il faut se dépêcher sinon Sophie et Nathalie auront Cliff pour elles toutes seules!

— Ne t'énerve pas, dit Suzanne. Nathalie m'a dit qu'elle devait rentrer chez elle. Elle doit apprendre le rôle pour la scène qu'elle joue avec Mathieu à l'atelier d'art dramatique. Et aujourd'hui, Sophie travaille avec les personnes âgées.

Dorothée hoche la tête et se détend un peu.

Soudain, prises de panique, les deux jeunes filles se regardent.

— Mia! disent-elles en coeur avant de s'élancer vers le terrain de stationnement des professeurs.

Pendant ce temps, Alexandre et Mathieu ont essayé de retenir Dani qui tentait de se dégager.

— Lâchez-moi! Je dois retourner demander à Suzanne ce qu'elle voulait dire! On peut faire une exception, non? Juste une!

— Non! crie Alexandre. Pas d'exception sinon l'opération « S » tombera à l'eau. Quand j'ai parlé de mesure de silence, je voulais parler d'un silence total et complet. Pas un mot! Et pas de geste, non plus, d'accord? Pas question de les saluer de la tête ou de leur serrer la main.

Mathieu a lâché le bras de Dani et ajuste son chandail.

— Et pas question de leur envoyer la main non plus, hein?

— Pas question, dit Alexandre. Le silence complet. Jusqu'à ce qu'elles reviennent sur Terre. Sinon, elles courront toujours après ce Cliff.

— Vous êtes sûrs que ça va marcher? demande Dani en soupirant.

— Ça va marcher, dit Alexandre avec fermeté.

— En tout cas, que je n'apprenne pas que Mia lui a donné mes disques, grommelle Dani. Parce que...

— Qu'est-ce que je vous avais dit? l'interrompt Alexandre alors que Suzanne et Dorothée tournent le coin à toute vitesse. Vous voyez que je connais les femmes! Les voilà, désespérées de savoir pourquoi nous ne leur parlons plus. Souvenez-vous : opération « S ». Même si elles nous supplient à genoux. Même si elles nous promettent de ne plus parler de qui-vous-savez. Il faut les faire souffrir encore quelques jours. Comme punition.

Les garçons font tout pour montrer aux filles qu'ils leur tournent le dos.

Mais elles passent si rapidement, que cette fois, elles ne se rendent même pas compte que les garçons ne leur prêtent pas attention.

Ce soir-là, à sept heures et demie, Mia, assise sur le plancher de sa chambre, écoute un disque de « Violent Femmes » tout en mettant du vernis sur ses ongles. Elle a déjà appliqué sur chaque moitié d'ongle un vernis blanc et à présent, elle met du noir sur l'autre moitié.

Mia déteste faire comme les autres, mais elle a été séduite par cet effet blanc-noir quand elle a vu les ongles de Exene Cervenka lors d'une entrevue à la télévision. Au moins, Exene n'avait pas fait la même chose sur ses lèvres comme se propose de le faire Mia demain. Elle pense même teindre ses cheveux en noir et blanc, si elle a le temps.

— Mia? crie son père du pied des escaliers.

Mia baisse le volume du stéréo avec son gros orteil.

— J'ai déjà rempli le lave-vaisselle, papa!

— Dani est ici!

Surprise, Mia ferme le stéréo et descend en agitant les mains pour faire sécher le vernis. Dani ne lui a pas dit qu'il viendrait, ce midi. Mais… elle ne l'a même pas vu à midi! Elle a passé l'heure du dîner près de la classe de Cliff, dans l'espoir qu'il revienne plus tôt pour écouter les disques qu'elle lui a amenés. Il n'est pas venu, mais la veille, elle a passé cinq minutes entières avec lui… et les Raunch Hands.

Lorsque Mia entre dans le salon, Dani lui tend un paquet enveloppé dans du papier d'aluminium et sort sans dire un mot.

Mia court derrière lui et le rattrape.

— Dani?

Il la regarde sans la voir, le regard vide.

— Tu es fâché contre moi? lui demande Mia. Alors pourquoi me donnes-tu un cadeau?

Aucune réaction.

— Bon, alors pourquoi ce silence?

Il se retourne et poursuit son chemin.

Mia a soudain une idée.

— Stéphane m'a dit qu'il t'avait vu acheter un disque

de Michael Jackson hier.

Dani se retourne vivement, une expression horrifiée sur le visage. Mia éclate de rire.

— Alors, c'est vrai? lui demande-t-elle. Tu m'as caché ça?

Dani serre les dents. Il voudrait crier : « Non, non ! Stéphane est un menteur ! » ou bien « Tu viens d'inventer ça, Mia ! ». Il voudrait au moins secouer la tête. Mais Alexandre a bien dit que secouer la tête, c'était comme parler. Ce serait une trahison. Dani tourne les talons et part en courant.

— Comme ça, c'est vrai ! crie Mia en riant joyeusement. Dani Rousseau, je suis très fâchée ! Attends un peu que tout le monde le sache ! Toujours en riant, elle déballe le paquet en montant l'escalier. Le disque de Circle Jerks qu'elle voulait depuis si longtemps ! Mia est tentée de déchirer la pochette en plastique et d'écouter le disque tout de suite. Mais elle freine ses élans et le place avec ses livres de classe. Elle l'étrennera avec Cliff !

À deux pâtés de maisons de là, Sophie s'étire sur son lit. D'une main, elle tient le récepteur du téléphone et, de l'autre, elle se brosse les cheveux.

— As-tu appris ton rôle... quatre-vingt-six... pour cette scène avec Mathieu... quatre-vingt-sept... demain? demande-t-elle.

— Sophie, c'est une vieille recette de bonne femme ce truc des cent coups de brosse le soir, fait Nathalie à l'autre bout du fil. Ça ne fait que rendre les cheveux plus gras.

— Ça ne fait rien... quatre-vingt-quatorze. Ça fait du bien.

— En tout cas, oui, je sais mon rôle, dit Nathalie. J'espère que Mathieu sait le sien. J'ai voulu lui en parler pendant le cours de bio, mais il m'a ignorée.

Sophie se met à rire.

— Je trouve cette punition par le silence très comique.

— Franchement, dit Nathalie en poussant un bâillement, comme si ça pouvait nous faire quelque chose. Ils agissent comme de vrais bébés depuis qu'on a rencontré Cliff, pas vrai?

— Mmmmm, dit Sophie. Elle a roulé sur le lit et posé sa brosse sur la commode. Crois-tu que quelqu'un a pigé le mot «amour» à l'atelier d'art dramatique?

La semaine dernière, madame Houdin a divisé le groupe en couples garçon-fille et a distribué une liste d'émotions. Chaque couple doit écrire et jouer une scène qui démontre cette émotion. Nathalie et Mathieu ont pigé «nervosité»; Sophie et son partenaire, Renaud Poulin, ont pigé le thème «confusion». Ils joueront la semaine prochaine.

— Non, mais je suis sûre que je l'aurais pigé si mon partenaire avait été Cliff, dit Nathalie.

— Tu te sens nerveuse pour demain? lui demande Sophie.

Nathalie se met à rire.

— Oui. Mais nous devons jouer la nervosité de toute façon. Personne d'autres que toi saura que je ne fais pas semblant! Et toi? Tu crois que tu vas avoir le trac, la semaine prochaine?

Sophie pousse un soupir.

— Je ne sais pas. Au moins, Renaud et moi, nous avons le temps de répéter. C'est dommage que Mathieu et toi soyez les premiers à passer. Mais il faut bien qu'il y ait des premiers.

— C'est ma faute, dit Nathalie. C'est moi qui ai pigé la date.

— En tout cas, souviens-toi que j'ai une répétition avec Renaud à midi, vendredi, dit Sophie. Jeff va me faire un sandwich. Il m'a demandé si je voulais en apporter un pour Renaud. Tu te rends compte? Pas question! Renaud se ferait des idées.

— Sophie a un petit ami! chantonne Nathalie.

— Nathalie! Il a au moins huit centimètres de moins que moi! C'est pour ça que j'ai proposé que la scène que nous allons jouer se passe dans une auto. Comme ça, nous serons assis, tu comprends? Sans me vanter, c'est une idée lumineuse.

Nathalie éclate de rire.

— Plutôt brillant. Aimerais-tu que tous les hommes soient aussi grands que Cliff?

— Je voudrais que tous les hommes *soient* Cliff, point.

CHAPITRE 7

Simon tape sur l'oeuf avec son couteau et le casse en deux. D'un air hautain, il transfère habilement le jaune d'une moitié de la coquille à l'autre pour ne laisser couler que le blanc dans un petit bol. À la fin, il dépose d'une main le jaune dans un autre bol et, de l'autre, il lance les morceaux de coquille dans une poubelle au milieu de la classe.

— Pas d'applaudissements, s'il vous plaît, dit-il fièrement à Nathalie et à Sophie. Le chef ne doit pas être dérangé durant cette opération délicate.

Sophie applaudit tout de même. Nathalie n'a pas levé les yeux du texte qu'elle lit.

Simon pointe du couteau les deux oeufs qui restent sur le comptoir.

— Alors, vous deux, lequel sera le suivant?

Il en prend un et fait semblant de le faire trembler de peur.

— Allons, du calme, du calme, mon petit, dit-il. Ça ne fera pas mal. Il laisse échapper un rire malicieux.

Nathalie lève les yeux vers lui en soupirant.

— Simon, peux-tu te calmer un peu?

Simon prend une voix aiguë et criarde.

— Non! Pitié! Pitié! Ne nous sépare pas! Mon jaune est tout ce que j'ai!

— La ferme, toi! ajoute-t-il en prenant une voix de gangster. Si tu ne veux pas finir en meringue!

— Quelle performance! fait Nathalie, exaspérée. Si

la mienne est à moitié moins bonne cet après-midi, je serai déjà contente !

— Adieu, monde cruel ! dit Simon en prenant la voix de l'oeuf. Il le casse avec le couteau en poussant des râles de cowboy agonisant.

Un peu plus loin, mademoiselle Morin l'observe.

— Monsieur Faillard, lui demande-t-elle, vous faites des meringues ou vous tournez un film ? Toute la classe se met à rire.

Mademoiselle Morin s'est avancée vers lui.

— Merci beaucoup, Simon, grommelle Nathalie. Elle a refermé vivement son texte et l'a glissé sous le comptoir.

La professeure observe Simon séparer son dernier oeuf.

— Tu es pas mal doué, Simon. Je ne ferais pas mieux moi-même.

Simon baisse modestement la tête et tire doucement sur la manche de son chandail.

— Quand votre père a un restaurant, vous apprenez à faire ça bien avant d'apprendre à dire « Maman ».

Nathalie voudrait que mademoiselle Morin s'éloigne pour pouvoir revoir son rôle encore une fois. Enfin, quelqu'un à l'autre bout de la classe l'appelle.

— Je ne pensais pas qu'il y aurait tant de monde, dit Nathalie dès que la professeure est assez loin. Nous avons vraiment beaucoup de compétition.

Simon passe sa main dans ses cheveux noirs.

— De quoi parles-tu ?

Sophie glousse.

— Ce sont les deux premières phrases de la scène qu'elle joue cet après-midi avec Mathieu.

Simon s'essuie les mains sur son tablier et prend le texte que Nathalie a camouflé sous le comptoir.

— Je vais faire le rôle de Mathieu, dit-il en lisant. La plupart de ces jeunes…

— C'est moi qui dis ça! fait Nathalie. Écoute, si tu veux vraiment m'aider, laisse-moi étudier en paix, d'accord?

— Oh la la! Tu es bien susceptible! dit Simon en prenant un air offensé.

Tout en mesurant deux millilitres de vanille, Sophie regarde Nathalie et Simon avec sympathie.

— Simon, Nathalie est seulement un peu nerveuse parce qu'elle ne sait pas si Mathieu sait son rôle, lui explique-t-elle.

— Les garçons vous font encore le coup du silence? demande Simon.

Sophie acquiesce, puis elle se tourne vers Nathalie.

— Nathalie, je parie qu'il sait son rôle par coeur, comme toi! Je suis sûre qu'il ne veut pas fâcher madame Houdin. Tu sais comme les garçons sont embarrassés quand elle leur demande de faire des improvisations ridicules.

Simon rit en tendant à Nathalie le bol et le malaxeur.

— Monsieur Dupuy! fait-il en imitant la voix de madame Houdin à la perfection. Comme punition pour avoir oublié deux phrases de votre texte, vous aller me mimer un blanc d'oeuf dans un malaxeur électrique!

Après un rapide regard en direction de mademoiselle Morin qui leur tourne le dos, Simon se met à sauter dans les airs, les bras ballants, les yeux complètement fous. Sophie n'en peut plus.

— Je me porte volontaire pour faire le malaxeur,

marmonne Nathalie.

Un petit sourire aux lèvres, Mathieu et Alexandre descendent l'allée de l'auditorium. La plupart des autres élèves restent debout à bavarder mais Sophie et Nathalie sont déjà assises au troisième rang. Sophie lit à haute voix le texte de Mathieu pour que Nathalie puisse donner la réplique.

Madame Houdin s'avance vers la scène en frappant dans ses mains.

— Allons-y, les jeunes! Je crois que monsieur Dupuy et mademoiselle Ryan doivent se produire aujourd'hui.

L'allure athlétique, comme toujours, Mathieu grimpe les marches de la scène et va prendre dans le fond les deux chaises dont ils ont besoin.

Nathalie se lève et fait mine de secouer des miettes sur sa jupe. Pourquoi ne porte-t-elle pas de pantalon, aujourd'hui? se demande-t-elle en montant sur la scène. Personne ne verrait ses genoux trembler!

Elle s'arrête au centre de l'énorme scène.

— Notre pièce s'intitule « L'audition », dit-elle d'une voix tremblante tandis que Mathieu place les chaises.

Ils s'assoient tous les deux et Nathalie se met à taper du pied nerveusement.

— Je ne pensais pas qu'il y aurait tant de monde, commence-t-elle, en tremblant. (Quelle chance qu'ils aient pigé le mot « nervosité » !) Nous avons vraiment beaucoup de compétition!

Mathieu devrait répliquer: « Ne t'en fais pas. Ce n'est qu'un message publicitaire pour une nouvelle gomme à mâcher. Si nous ne l'avons pas, ce ne sera pas la fin du monde. » Mais il ne dit rien. Une longue minute passe. Mathieu ne dit toujours rien. Il s'est enfoncé confortablement dans sa chaise, les jambes croisées, et il lance des regards de côté à Nathalie.

«Oh non!» s'écrie-t-elle en elle-même. Elle craignait qu'il ne sache pas son texte, qu'il ne parle pas assez fort, qu'il ne mette pas assez d'expression dans sa voix. Mais pas ça! Elle n'était pas du tout préparée à affronter ça! Le silence dure encore. Avec frénésie, elle improvise.

— Je sais que ce n'est qu'un message publicitaire pour une nouvelle gomme à mâcher, mais je veux tellement avoir le rôle!

Puis elle enchaîne avec son texte.

— La plupart des jeunes ici sont bien plus vieux que nous... bien plus calmes, bien plus expérimentés! gémit-elle. Nous avons l'air de deux idiots!

Mathieu devrait alors répliquer: «Cesse de t'en faire. L'annonce disait que le producteur cherchait deux adolescents. La majorité de ces gens vont être refusés tout de suite.» Mais il ne dit pas un mot. Il lève le nez et tient les bras croisés sur sa poitrine.

Une fois de plus, Nathalie est obligée de dire le texte à sa place pour que le public puisse comprendre.

— Je sais bien que l'annonce demandait un frère et une soeur dans l'adolescence et que la majorité des gens ici seront tout de suite éliminés.

Elle prend une grande respiration et reprend son propre texte.

— Mais regarde la jolie fille, là-bas! fait-elle en pointant le doigt vers la gauche. On dirait qu'elle a treize ans et je l'ai déjà vue dans une publicité de vêtements. Et ce garçon là-bas...

Nathalie pointe l'avant. On dirait qu'il a l'âge qu'il faut aussi. Et je l'ai vu des milliers de fois dans des publicités de Pepsi. Ils vont sûrement prendre des gens comme eux… des gens connus !

Cette fois, Nathalie n'attend même pas que Mathieu brise le silence. Elle adapte immédiatement son texte.

— Oui, je sais que l'annonce demandait aussi des gens inconnus, mais… Nathalie se tait. Elle ne peut se rappeler le texte qui suit ! L'effort qu'elle a fourni pour se souvenir du texte de Mathieu et du sien lui a laissé le cerveau complètement vide. Prise de panique elle essaie de se souvenir de l'intrigue. Cela pourrait peut-être l'aider… oh oui ! La scène devait montrer un Mathieu très calme devenir de plus en plus nerveux à force d'entendre les remarques de Nathalie tandis qu'elle-même devait se calmer grâce aux paroles apaisantes de Mathieu.

Mais cela ne l'aide pas du tout. Elle a toujours un blanc de mémoire. Désespérément, elle donne à Mathieu un petit coup de pied discret.

Il se tourne vers elle et lui fait un sourire niais.

Soudain, quelque chose se produit en Nathalie. Elle bondit de sa chaise et fait face à Mathieu.

— Comment peux-tu me faire ça? s'écrie-t-elle en oubliant complètement le texte. Je refuse de paraître ridicule à cause de toi plus longtemps !

Mathieu continue à sourire, la main sur le visage comme s'il avait peur de cette fille qui fait à peine plus de la moitié de sa taille. Nathalie entend le rire d'un garçon dans l'assistance, ce qui la rend encore plus furieuse.

— Dis quelque chose, espèce de lâche ! hurle-t-elle à

Mathieu en tapant du pied.

Toujours souriant, Mathieu se tourne simplement sur sa chaise.

— Très bien, espèce de ver de terre méprisable et répugnant. Je te laisse tout seul !

Elle tourne les talons et se rue derrière le rideau où elle éclate en sanglots.

Elle entend alors un tonnerre d'applaudissements et madame Houdin crier : « Bravo ! Bravo ! Nathalie, viens saluer ! »

Ahurie, Nathalie essuie ses larmes sur le rideau et trottine vers la scène où Mathieu, hébété, les mains dans les poches, se tient debout. L'espace d'une seconde, Nathalie croit qu'on se moque d'eux, puis elle se souvient qu'à peu près personne, même pas la professeure, n'a lu leur texte et ne sait ce qu'ils ont pigé.

Madame Houdin applaudit encore.

— Nathalie, ta colère était extrêmement convaincante ! Et Mathieu... Mathieu ! Quel interprétation de l'homme fort et silencieux ! Elle se tourne vers la classe. Les enfants, vous venez de voir combien l'expression du visage peut valoir mille mots !

Nathalie, ravie, salue bien bas.

— Si une autre équipe de cette classe a pigé le mot « colère », ils auront du pain sur la planche pour faire aussi bien ! poursuit madame Houdin.

Mathieu secoue la tête.

— Mais ce n'était pas ... Nathalie l'interrompt d'un grand coup de coude dans l'estomac. « Maintenant, c'est le temps de te taire », siffle-t-elle en continuant à sourire.

Mathieu hausse les épaules et quitte la scène. Il

s'effondre sur son siège à côté d'Alexandre. Nathalie passe près de lui.

— Merci beauuuuuucoup, Mathieu, dit-elle d'une voix doucereuse, les yeux brillants. Grâce à toi, je suis une star !

À ce moment-là, un coup de tonnerre se fait entendre dehors et plusieurs personnes sursautent.

— Qu'est-ce que c'était? fait quelqu'un.

— Ça, marmonne Alexandre à Mathieu, c'était le bruit de l'opération « S » qui vient de se casser la figure !

CHAPITRE 8

À huit heures moins cinq ce soir-là, Sophie est assise dans l'auditorium adjacent à la bibliothèque du quartier. Elle est heureuse de constater que la salle se remplit vite et qu'il y a de nombreux visages nouveaux. Ce sera une des plus belles réunions du comité de sauvegarde des baleines.

Lorsque les aiguilles de l'horloge marquent sept heures cinquante-huit, Sophie se tourne un peu sur son siège pour pouvoir surveiller la porte du coin de l'oeil. Elle ne veut pas que cela paraisse trop. Son coeur bat plus fort à l'idée qu'il peut entrer d'une seconde à l'autre. Cliff n'est jamais en retard, mais il arrive toujours à la dernière minute. Il a expliqué à Sophie qu'il fait du jogging tous les soirs et qu'il veut prendre une douche avant d'aller à la réunion. Sophie n'a pas parlé du jogging de Cliff aux autres filles. Même pas à Nathalie. Elle se sent différente d'être la seule à savoir quelque chose sur lui.

Sept heures cinquante-neuf. Sophie tapote nerveusement des doigts son insigne du comité. Où est-il donc?

Huit heures. Conrad Bertrand, l'homme chauve aux allures de petit lutin qui est président de l'organisation, s'avance vers le micro.

— Chers amis, que ce soit votre première ou votre centième réunion, soyez tous les bienvenus. C'est son mot de bienvenue habituel, mais ce soir il semble triste. Malheureusement, j'ai à vous faire part ce soir d'une situation fort déplorable au sud du Pérou, due à l'irresponsabilité d'une importante compagnie de pêche.

Sophie se mord la lèvre. La moitié d'elle-même écoute et se désole tandis que Conrad décrit la façon dont cette compagnie tue accidentellement les baleines. L'autre moitié s'inquiète de Cliff. « A-t-il eu un accident? Est-il malade? Peut-être qu'il ne s'intéresse plus aux baleines? Ou à moi? »

Soudain, la porte s'ouvre en grinçant. Sophie et quelques autres personnes se retournent. Cliff! Le visage rouge, il reste dans l'embrasure de la porte. Sophie croise son regard puis retient son souffle. Le visage de Cliff s'illumine en la voyant.

Surprise, elle le regarde descendre l'allée centrale. Il ne va donc pas s'asseoir à l'arrière comme tous les retardataires? Il veut être près d'elle!

Sur la scène, Conrad fait la lecture de la lettre qu'il a envoyée au président de la compagnie péruvienne.

Cliff s'arrête devant la rangée de Sophie. Le premier siège est libre mais Cliff le dépasse… enjambe une… deux… trois, quatre personnes assises… « Ouch » s'écrie la cinquième.

— Pardon, fait Cliff.

Six… sept. Sophie n'en revient pas. Il a dérangé tous ces gens pour venir s'asseoir près d'elle!

Il se laisse tomber dans le siège voisin de celui de Sophie.

— Panne d'essence! chuchote-t-il.

Sophie ne peut prononcer une parole. Mais elle sait déjà ce qu'elle écrira plus tard dans son journal : « Ce soir, Cliff a prouvé qu'il m'aime bien. »

Au même moment, Nathalie replace pour la dixième fois les photos sur sa commode. Puis, elle se jette sur son lit et fixe le plafond. Elle a fini ses devoirs et il est encore trop tôt pour se coucher. Elle a envie de bouger, elle voudrait parler à quelqu'un... mais à qui? Sophie doit être encore à sa réunion hebdomadaire du comité de sauvegarde des baleines. Avec Cliff! pense Nathalie avec une pointe de jalousie.

Soudain, elle s'assoit et prend le téléphone. Elle va téléphoner à Simon pour lui dire que tout s'est bien passé à l'atelier d'art dramatique. Après tout, elle n'a pas été très gentille avec lui au cours de cuisine.

Quelques secondes plus tard, elle donne à Simon tous les détails des événements de la journée.

Simon rit.

— Quel soulagement! Ç'aurait pu être un désastre mais ça s'est transformé en triomphe!

— Oui, répond Nathalie avec un soupir.

— Tu n'as pas l'air contente! Les autres garçons vous en font voir de toutes les couleurs?

Nathalie se met à rire.

— Tu veux dire ces gros bébés? Pas du tout. Mais... je me sens frustrée, c'est tout.

— Pourquoi? Allons, dis tout à l'oncle Simon.

Nathalie fait une pause et pense : «Pourquoi pas? Simon est un homme après tout. Il pourra peut-être me donner des trucs.»

— Eh bien, tu sais que certaines d'entre nous ont un petit sentiment pour Cliff, commence-t-elle lentement.

— Il faudrait être aveugle ou sourd pour ne pas s'en être aperçu! s'exclame Simon.

— De toute façon... je pense qu'il m'aime bien.

Nathalie lui explique comment elle a inventé un nouveau régime pour Cliff et comme il l'a remerciée.

— On dirait qu'il t'aime bien, en effet, dit Simon. Où est le problème?

— Mais Simon, il aime tout le monde! C'est ça le problème! Il sourit à Sophie aux réunions sur les baleines. Il complimente Suzanne pour ses travaux sur « Les Hauts de Hurlevent ». On dirait qu'il apprécie les disques punk de Mia. Et je pense même qu'il trouve Dorothée amusante. Nathalie prend une profonde respiration. Simon… je voudrais qu'il m'aime plus que les autres. Comment faire?

À l'autre bout du fil, c'est le silence.

— Simon? Allons, aide-moi. Tu dois bien avoir des idées. Après tout, tu es un homme, toi aussi.

— Hé, Nathalie, holà, dit Simon. Nathalie peut presque l'« entendre » rougir! Donne-moi quelques minutes pour y penser, d'accord? Je te rappelle.

Simon raccroche en espérant avoir semblé confiant. En fait, il est pétrifié. « Pourquoi moi? » grogne-t-il tout haut. « Pour qui me prend-elle? Pour un expert sur la manière d'attirer le sexe opposé? Moi, Simon Faillard, un gars qui a du mal à trouver le courage de sourire à la plupart des filles? Pourquoi ne demande-t-elle pas à Alexandre Rivard qui attire les filles sans même y penser… ou du moins qui le croit? »

Et puis Simon se souvient : Alexandre et quelques autres garçons ne parlent plus à Nathalie ni aux autres filles.

Il tapote sa chaise en fixant le plafond. Qui d'autre pourrait donner un conseil à Nathalie? Alain Masson? Charles Bernard? Simon abaisse lentement les pattes avant de sa chaise. Il faut qu'il trouve un conseil lui-même. Après tout, Nathalie a dit qu'il était un homme ! S'il ne trouve rien… il n'aura l'air que d'un petit garçon, non? Et il ne voudrait surtout pas qu'on puisse croire ça… surtout pas Nathalie qui est son amie depuis toujours, comme Sophie d'ailleurs.

Il se lève et se met à arpenter la pièce en se creusant la tête.

Simon a dit qu'il rappellerait tout de suite, mais il est presque dix heures quand le téléphone sonne chez les Ryan. À moitié endormie, Nathalie décroche le récepteur et entend Simon demander à Sylvie s'il peut parler à sa soeur.

— Je l'ai, Syl ! dit Nathalie d'une voix endormie.

— N-A-U-P-A ! chantonne Sylvie; c'est le code secret pour « Nathalie a un petit ami ! » mais Nathalie se dit qu'elle le mérite : l'année dernière, elle n'a pas arrêté d'agacer sa soeur avec ce refrain ridicule.

— C'est seulement Simon, Sylvie, dit Nathalie, vexée.

— Oh, allô, Simon ! Je ne t'avais pas reconnu. Comment ça va?

Simon et Sylvie bavardent quelques instants. Deux fois, Nathalie se râcle la gorge pour signaler sa présence. Enfin, Sylvie raccroche.

— Alors? demande Nathalie à Simon.

— Eh bien, j'ai repensé à tout ça, dit Simon. Et j'ai failli abandonner. Je n'avais aucune idée. Et puis je suis descendu à la cuisine manger quelque chose et c'est là que ça m'a frappé… un gâteau au chocolat !

— Tu as été frappé par un gâteau au chocolat?

Simon pousse un soupir d'impatience.

— Mais non, idiote, je ne t'ai jamais parlé de la façon dont ma mère a mis le grappin sur mon père?

— Non.

— Alors, écoute bien, raconte Simon la bouche pleine. (Il doit sans doute manger du gâteau pour faire venir l'inspiration.) Mon père était le garçon le plus populaire du campus. Toutes les jolies filles lui couraient après, même ma mère. Elle a tout essayé pour qu'il la remarque... des parfums, des nouvelles coupes de cheveux, des vêtements ahurissants. Rien ne marchait. JUSQU'AU jour où elle lui a apporté un morceau de son délicieux gâteau au chocolat. Une bouchée... et mon père était pris au piège! Évidemment, ajoute Simon tout bas, mon père dit que ça n'avait rien à voir avec le gâteau.

Nathalie est déçue.

— Je ne peux tout de même pas amener un morceau de gâteau au chocolat de ta mère à Cliff! Je lui ai fait un régime sans sucre!

— Oui, mais tu pourrais lui amener autre chose. Il faut que tu l'impressionnes avec tes talents de cuisinière.

— Tu as peut-être raison, dit Nathalie, songeuse. Je n'ai pas le temps de faire quoi que ce soit ce soir. Mais je m'y mettrai demain et je lui apporterai vendredi. Ce soir, je pourrais au moins...

— Il y a des millions de recettes que tu peux faire, dit Simon. Pourquoi pas ce poulet au citron dont tu te vantes toujours? Ou bien ces fèves vertes aux herbes?

Nathalie ne répond pas.

— Nathalie?

Le récepteur gît sur le lit de Nathalie qui, déjà, s'est

précipitée à la cuisine à la recherche une fois de plus de ce livre de cuisine que sa mère appelle « La cuisine sans plaisir ».

CHAPITRE 9

Le lendemain matin, juste avant que la cloche sonne, Sophie se rue dans la classe d'anglais. Elle a les yeux brillants et le froid lui a rougi les joues. Tandis qu'elle s'avance vers le pupitre de Nathalie, celle-ci se dit que son amie est plus jolie que jamais avec son chandail rouge et son pantalon noir qui rehaussent son teint.

— J'ai des nouvelles pour toi! lui annonce Sophie.

— Pas de caries? lui demande Nathalie. Sophie a manqué les deux premiers cours à cause d'un rendez-vous chez le dentiste.

— Juste! Mais j'ai encore mieux! Es-tu prête? Hier soir, Cliff s'est assis à coté de moi. Il a fallu qu'il enjambe une centaine de paires de jambes! Et il y avait plein d'autres sièges vides où il aurait pu s'asseoir. Mais il voulait être à côté de *moi*!

Nathalie fait semblant de bâiller.

— C'est ça les grandes nouvelles? lui demande-t-elle avec l'air de dire «Et puis après?».

— Oh Nathalie, j'avais presque du mal à respirer! Je pouvais sentir sa lotion après rasage et apercevoir les poils de ses bras! Il utilise du Aramis, comme mon père.

— Yahou.

— Je suppose que ta soirée a été aussi formidable, réplique Sophie.

— À vrai dire, fait Nathalie, j'ai eu une conversation très intéressante avec… Elle se tait brusquement. «Que fais-tu, Nathalie? se dit-elle. Pourquoi lui dirais-tu ce que t'a conseillé Simon? Si Cliff a fait tant de pirouettes pour aller s'asseoir près d'elle, il l'aime peut-être plus que toi! Pourquoi donner encore plus de chance à Sophie? » … avec Sylvie à propos de son devoir de biologie, finit par mentir Nathalie.

— C'est tout? lui demande Sophie.

Trois rangées plus loin, Alexandre ouvre son classeur et en sort une feuille blanche. Il écrit CLIFF ROCHESTER dessus en cachant la feuille avec ses bras pour que personne ne voit ce qu'il fait.

La cloche sonne au moment où Cliff entre dans la classe. Tandis que les élèves gagnent leurs places, Alexandre observe le professeur puis prend son stylo. «Porte un chandail en coton rayé presque tous les jours, » écrit-il.

— D'après vos derniers résumés, commence Cliff, plusieurs d'entre vous semblent avoir eu des problèmes avec le chapitre neuf. Je vais donc passer plus de temps là-dessus ce matin. Alexandre écrit : « Ne doit pas passer beaucoup de temps à se peigner le matin. »

Son livre à la main, Cliff marche à l'avant de la classe.

— Il faut souligner l'importance du chapitre neuf. C'est là qu'on voit les liens qui unissent Catherine et Heathcliff. D'autre part, elle le trahit en épousant Edgar…

Alexandre ajoute à sa liste : « Utilise SOUVENT les expressions « d'autre part » et « il faut souligner ». »

Cliff lance un sourire éblouissant à Suzanne.

— Comme l'a si brillamment démontré votre camarade Suzanne, ce chapitre expose clairement les deux côtés violemment en conflit de la personnalité de Catherine.

«Je viens de mourir et je suis au paradis,» pense Suzanne. Les autres filles n'ont même pas daigné lui jeter des regards jaloux, mais elle s'en moque.

Alexandre écrit : «Montre TOUTES ses dents lorsqu'il sourit.»

Quand, quarante-cinq minutes plus tard, la cloche sonne, Alexandre se lève et se tourne vers Mathieu.

— Que fais-tu après l'école?

Mathieu hausse les épaules.

— Je n'ai pas d'entraînement aujourd'hui.

— Et si on allait tous chez «Tentation» manger une crème glacée? propose Alexandre. J'ai beaucoup pensé à Cliff et je…

Mathieu pousse un grognement en enfilant son chandail.

— Si tu veux nous demander de répéter l'opération «S», ne compte pas sur moi. Il jette un coup d'oeil en direction de Cliff qu'entourent cinq filles. De toute évidence, ça n'a pas marché.

— Non, mais j'ai un nouveau plan bien meilleur, dit Alexandre. Je garantis que ça fonctionnera, cette fois-ci.

Le visage de Mathieu s'éclaire.

— Trois heures et demie?

— Trois heures et demie, fait Alexandre en arborant un sourire énigmatique.

À midi, Mia, furibonde, se tient devant la porte de la cafétéria. D'abord, Cliff a fait cette remarque sur le résumé de Suzanne. À présent, il est dans la salle à manger des professeurs ce qui veut dire qu'il n'en sortira pas assez tôt pour venir écouter un de ses disques. Mia calcule la distance qui la sépare de la salle à manger des professeurs, et de la table où sont assises les autres filles. Si Cliff sort plus tôt, elle pourra l'attraper avant les autres.

Soudain, Dani apparaît à côté d'elle.

— Ça fait longtemps qu'on s'est vus, dit-il. Ou plutôt, qu'on s'est parlé.

— Oui, dit Mia, désintéressée.

Dani se tient près d'elle en silence quelques minutes, essayant de trouver quelque chose à dire. Il ne parvient même pas à croiser le regard de Mia.

— Tu veux manger avec moi?

— J'ai déjà mangé, répond sèchement Mia. Et je suis occupée.

Dani s'éloigne en colère.

Simon, qui mange avec des amis à une table tout près, a aperçu Mia et Dani ensemble mais il n'a pas pu entendre leur conversation. Il est surpris de voir Dani quitter ainsi Mia. Et plus surpris encore lorsque Mia lui fait signe de la rejoindre. Simon glisse dans son sac un morceau de gâteau au chocolat de sa mère pour plus tard et s'avance vers Mia.

— Simon, il me faut le conseil d'un homme, lui demande-t-elle, et je crois que tu es la personne qu'il me faut. Nathalie et Sophie parlent toujours de ta serviabilité. Peux-tu m'aider?

Simon, ahuri, hoche la tête.

— Je peux essayer.

— D'accord. Alors voici. Comment pourrais-je attirer de nouveau l'attention d'un garçon qui semble se désintéresser de moi?

Simon la dévisage. Dani ne semble pourtant pas se désintéresser d'elle. Il a seulement paru en colère. On ne se fâche pas contre quelqu'un qui ne nous intéresse pas. Il ouvre la bouche pour dire ce qu'il pense mais change d'avis. «Elle doit connaître mieux que moi les sentiments de Dani,» songe-t-il. «Dani a peut-être vraiment perdu tout intérêt.»

— J'ai justement une idée, dit Simon qui a en tête la conversation de la veille avec Nathalie. Cuisines-tu bien, Mia?

Pendant ce temps-là, au milieu de la cafétéria, à une grande table, Denise décrit depuis quinze minutes le club où l'a emmenée Sylvain Pelletier la semaine précédente. Sophie fait semblant d'écouter, mais en fait, elle pense à Cliff et se sent déprimée. Elle était certaine qu'il voulait lui montrer ses sentiments envers elle, la veille, à la réunion. Il a causé un tel émoi, en venant s'asseoir près d'elle! En rentrant chez elle, elle a écrit une page entière sur sa soirée dans son journal. Mais aujourd'hui, il ne l'a pas cherchée des yeux durant le cours. Pas une seule fois. En fait, il n'a même pas regardé dans sa direction. Il semble préférer Suzanne. Ou bien, il est volage et il aime une fille un jour et une autre le lendemain? Elle veut qu'il l'aime, elle, tous les jours. Comment peut-elle l'amener à cela?

Sophie aperçoit Simon en train de parler à Mia. «J'ai peut-être besoin de l'aide d'un garçon, se dit-elle alors. Je connais Simon depuis toujours, je ne me sentirai pas gênée de lui demander son avis.» Et, en ce moment, il est plus aimable que les autres garçons!

Sophie voit Mia saluer Simon et quitter la cafétéria.

Simon retourne à sa table. Sophie se lève brusquement, au milieu d'une phrase de Denise.

— Mais où vas-tu? lui demande Nathalie.

Sophie lui jette à peine un regard.

— Euh… parler à Simon.

Nathalie plisse les yeux.

— De quoi?

— De quelque chose que je ne comprends pas en bio, marmonne Sophie en lui tournant le dos.

— C'est à moi qu'il faut poser des questions là-dessus, dit Nathalie toute surprise. Mais Sophie est déjà loin. «Elle me cache quelque chose et je n'aime pas ça du tout», se dit Nathalie en regardant Simon se lever et suivre son amie dans un coin de la cafétéria. Et puis avec une pointe de jalousie, Nathalie se rappelle avoir elle-même caché à sa meilleure amie sa conversation avec Simon. «Ce n'est pas une façon de se comporter entre amies», se dit-elle en se tournant sur sa chaise.

À mesure que Sophie lui explique son problème, Simon devient de plus en plus livide. «Eh bien, mon vieux, tu es vraiment dans le pétrin, cette fois! pense-t-il. Vas-y, essaie de trouver pour Sophie un autre conseil que celui que tu as donné à Nathalie! Et que se passera-t-il si le deuxième conseil fonctionne mieux que le premier? Nathalie va te tuer! Et si c'est le conseil que tu as donné à Nathalie qui réussit le mieux, tu auras Sophie sur le dos. »

Simon pousse un profond soupir.

— Est-ce que je t'ai déjà raconté cette histoire de mon père et de ma mère?

Tandis que Simon raconte une fois de plus son histoire à Sophie, aucun des deux ne s'aperçoit que Dorothée, de l'autre côté de la salle, les observe, pensive, la bouche ouverte.

Après les cours, Dorothée parcourt le couloir principal à la recherche de Simon. Elle le trouve, appuyé contre son casier, en train de manger le morceau de gâteau qu'il avait gardé. « Simon ! » s'écrie-t-elle tout essoufflée. Elle se met à battre des cils en le regardant comme s'il mesurait deux mètres de haut. « J'ai besoin de ton avis. »

Simon se demande alors si quelqu'un a écrit COUR-RIER DU COEUR dans le dos de sa veste. Il n'attend même pas que Dorothée ait terminé. « La meilleure façon d'attirer un homme, c'est par l'estomac », déclare-t-il avec conviction.

Suzanne, qui passe par là, fait semblant de ne pas avoir entendu. Oh, Dorothée a apporté du gâteau à Simon ! pense-t-elle avec excitation. Ça veut dire qu'elle va laisser tomber Heathcliff ! Une de moins, il n'en reste plus que trois.

Elle se rend à son casier qu'elle ouvre en continuant de jeter des petits coups d'oeil en direction de Dorothée et de Simon. Avant l'arrivée de Heathcliff, se souvient Suzanne, Dorothée passait beaucoup de temps à soupirer après Simon et à se plaindre qu'il ne lui prêtait pas attention. À présent, la façon dont Simon penche sa tête vers Dorothée laisse croire qu'il l'aime bien. Juste parce qu'elle lui a amené du gâteau ? « Eh bien, se dit Suzanne, ça doit être vrai : la façon d'attirer un homme, c'est avec de la nourriture ! Merci Simon ! » Elle referme la porte de son casier et sort en hâte de l'école.

Quelques minutes plus tard, elle passe devant la crémerie « Tentation » mais elle est tellement pressée de rentrer qu'elle ne remarque pas Alexandre, Mathieu, Jérémie et Dani qui mangent de la crème glacée, assis juste devant la fenêtre.

Dani, lui, a vu Suzanne passer à toute vitesse devant le restaurant.

— Voici Suzanne. Cliffie doit avoir déjà disparu dans sa Mustang bleue, dit-il d'un ton sarcastique.

Mathieu lance sa cuillère dans sa coupe vide.

— Je parie que si nous avions des autos, elles n'auraient jamais fait attention à ce grand maigre, dit-il amèrement.

— Au moins, moi je suis sur roues, dit Jérémie en pointant sa planche à roulettes que le gérant lui a fait laisser dehors.

Personne ne rit.

— Quand j'aurai seize ans, je parie que mon père va m'acheter une auto, dit Mathieu. Surtout si je suis le meilleur de l'équipe de football de l'école. Mais je n'aimerais pas avoir une Mustang. Je choisirais plutôt une vieille Porsche et j'y adapterais un moteur turbo.

— Et un tuyau d'échappement chromé, ajoute Jérémie, emballé.

— Et elle sera toute noire, précise Dani.

Mathieu renifle.

— Rochester aurait l'air de conduire un joujou à côté de moi !

Alexandre tapote sa coupe avec sa cuillère pour attirer leur attention. Son beau visage grimace.

— Allez, les gars, revenons à nos moutons. J'ai beaucoup réfléchi et j'ai trouvé qu'il n'y a qu'un seul moyen de prouver aux filles que Rochester n'est pas si extraordinaire.

Alexandre se lève et tire de sa poche des fiches qu'il leur distribue.

— Qu'est-ce que c'est? lui demande Dani.

— Vos instructions, répond Alexandre. On ne peut rien faire pour l'auto, mais… Il laisse traîner sa voix tandis que les autres lisent les fiches.

Jérémie lève les yeux et hoche la tête pensivement.

— Je vois ce que tu veux dire.

Dani hoche la tête lui aussi, d'un air convaincu.

— Est-ce qu'il y a un nom secret pour ce plan-ci? Tu sais… comme pour l'opération « S »?

— Mmmmm, fait Alexandre en s'enfonçant dans son siège. Je pense que son nom de code pourrait être S.T.N.P.L.C.R.T.A.L.

Mathieu secoue la tête.

— Je ne m'en souviendrai jamais.

Alexandre se met à rire.

— Même un crétin comme toi peut se rappeler que ça veut dire « Si Tu Ne Peux Le Combattre, Rallie-Toi À Lui ! ».

CHAPITRE 10

Sylvie, la soeur de Nathalie, entre dans la cuisine en humant l'air.

— Mmmmm! Qu'est-ce qui cuit?

Nathalie ferme son livre de cuisine et monte sur l'escabeau pour le replacer en haut du réfrigérateur.

— Un plat de courgettes, dit-elle.

— Je n'en crois pas mes narines, dit Sylvie en s'assoyant à table. Il y a vraiment une recette de ce livre qui sent bon?

Nathalie rassemble les pelures de courgettes, d'oignons et de carottes et les jette. Puis, elle règle la minuterie à quarante minutes.

— C'est pourquoi? lui demande Sylvie en retenant ses cheveux épais au-dessus de sa tête. Pour ton dîner de demain? Ou pour ton petit ami?

Sylvie plaisantait et elle est toute surprise de voir que Nathalie commence à rougir.

Celle-ci se détourne vivement même si elle est certaine que sa soeur n'est pas dupe. Tout en s'affairant autour de l'évier, elle s'attend à ce que sa soeur la taquine! Mais c'est à son tour d'être étonnée.

— Comme ça, c'est bel et bien pour un garçon, dit gentiment Sylvie. Il n'y a rien de gênant à ça, Nathalie.

— Tu ne penses pas que c'est ridicule? demande Nathalie sans se retourner.

— Non. Mais si tu veux mon avis, je ne pense pas que tu devrais faire un plat de courgettes, dit doucement

Sylvie. Je sais bien que tu n'aimes pas le sucre, mais si j'étais toi, je ferais une exception et je préparerais des biscuits.

— Ce n'est pas… Nathalie hésite puis pousse un soupir. Pourquoi ne pas se confier à Sylvie, après tout? se dit-elle. Elle se retourne et fait face à sa soeur. Ce n'est pas pour un garçon de mon âge, lui dit-elle. C'est pour un professeur – Cliff Rochester. Notre nouveau professeur d'anglais.

Elle s'attendait à une explosion de rire mais Sylvie ne sourit même pas.

— Oh, fait-elle simplement.

Nathalie penche la tête en direction du four.

— Tu penses qu'il me préférera aux autres si je lui amène ça? lui demande-t-elle vivement.

— Si le goût est aussi bon que l'odeur, oui, dit Sylvie. Tu sais, moi aussi j'ai eu un béguin pour un prof, en secondaire II.

— Ce n'est pas un « béguin ».

Sylvie ne l'entend pas.

— Moi, c'était pour mon prof d'italien, Salvatore Mario. Il est encore là?

Nathalie se mord la lèvre pour ne pas rire. Après tout, Sylvie ne s'est pas moquée d'elle! Mais « monsieur Mario »?

— C'est mon titulaire de classe, réussit à dire Nathalie en gardant son sérieux. Je ne te l'avais pas dit?

À sa grande surprise, Sylvie éclate de rire et se met à taper des pieds.

— Oh, Nathalie! dit-elle. À l'époque, il revenait de deux ans d'études à Rome. Elle cesse de rire et prend une profonde respiration. Il avait un petit accent italien

100

et il portait des chandails italiens et des sandales italien-
nes avec des chaussettes. Il était tellement… européen !

Sylvie se lève pour prendre un biscuit et le met dans
sa bouche.

— J'ai lu Roméo et Juliette, cette année-là, et je rem-
plaçais Roméo par Salvatore et Juliette par Sylvie ! Elle
se met à rire de nouveau. Je l'ai aperçu l'été dernier et
j'ai eu du mal à le reconnaître !

Elle se dirige vers la porte en riant.

— Un jour, ma petite, tu riras de Biff, toi aussi !

— Il s'appelle « Cliff », crie Nathalie, pas « Biff ». Et
jamais je ne rirai de lui !

Mais Sylvie ne l'a pas entendue, elle monte déjà
l'escalier en fredonnant une mélodie italienne.

Le lendemain, avant les cours, Nathalie marche dans
le couloir les bras chargés d'un gros chaudron plein,
sans prêter attention aux regards curieux que lui lancent
certains élèves. Elle s'apprête à tourner le coin pour
prendre le couloir qui mène au terrain de stationnement
des professeurs quand elle entend des cris.

— Tu m'as volé mon idée ! dit la voix de Suzanne.

— « Ton » idée ? C'est « mon » idée ! Et c'est très mes-
quin de ta part de me l'avoir volée ! fait la voix de Mia.

Nathalie sent son coeur se briser. Lorsqu'elle tourne
le coin, ses craintes sont confirmées. Suzanne, Mia et
Dorothée portent chacune une boîte qu'elle soupçonne
fortement d'être pleine de nourriture.

En apercevant Nathalie et son chaudron, toutes réa-
gissent en même temps.

— Oh ! Ne dites rien ! s'exclame Nathalie avec
colère. Elle pose sa casserole par terre. Si j'avais su que

tout le monde allait jouer à la cuisinière, je ne l'aurais pas fait!

— Au moins, en voici une qui n'a pas fait elle-même son plat!

Toutes les têtes se tournent vers Sophie qui semble très déçue. Elle transporte une boîte sur laquelle est inscrit: «Merci de votre aide. Les sommes recueillies pour ces bonbons iront aux victimes du tremblement de terre en Amérique du Sud.» Nathalie regarde Sophie. Simon lui a-t-il donné le même conseil? Il n'aurait pas osé! C'est peut-être Sylvie qui lui en a donné l'idée… La veille, Sophie a téléphoné et Sylvie lui a répondu que Nathalie cuisinait pour «Biff»… Mais ça n'explique pas pourquoi toutes les autres ont eu la même idée! Sophie leur en a-t-elle parlé? Pourquoi aurait-elle fait ça?

— C'est moi qui ai eu l'idée la première! fait Dorothée. J'y ai pensé hier, tout de suite après l'école! Remportez vos plats et ramenez-les un autre jour!

Nathalie tape du pied.

— Si tu veux savoir, moi, j'y ai pensé mercredi soir.

— Et moi, la semaine dernière, ment Suzanne.

— Alors pourquoi n'as-tu rien amené la semaine dernière? rétorque Mia.

— Parce que… euh… notre four était brisé! dit Suzanne. Laissez vos trucs dans vos casiers et…

Sophie frappe dans ses mains.

— Arrêtez les filles! Vous voulez que Cliff vous voit vous chamailler? On pourrait peut-être s'entendre… comme dit Nathalie, les beaux esprits se rencontrent.

Toutes les filles se taisent. Aucune d'elles ne veut admettre que c'est Simon le bel esprit!

— De toute façon, enchaîne Sophie, nous n'avons pas amené la même chose. C'est ça qui aurait été gênant. Elle se tourne vers Mia. Dis donc, c'est quoi, les « Marionnettes en sauce »?

Tout le monde pose les yeux sur la boîte de carton que tient Mia. Elle l'a décorée de rayures blanches et noires et elle a écrit « Marionnettes en sauce » sur le devant avec du vernis à ongles mauve. Le tout va très bien avec ses vêtements.

Mia renifle.

— Les « Marionnettes en sauce », c'est un groupe punk très populaire dans le monde entier. J'ai pensé leur faire honneur en appelant ainsi les boulettes de viande que j'ai faites pour Cliff.

Nathalie menace Sophie du doigt.

— Comment as-tu pu lui apporter des bonbons, traître? Pourquoi pas un revolver pendant que tu y es! Le sucre est aussi mauvais pour lui qu'un fusil!

— Oh, Nathalie, rends-toi à l'évidence, soupire Sophie. Il doit manger un peu de sucre de temps en temps, il est humain après tout!

— Elle a raison, Nathalie, dit Suzanne. Elle lève sa boîte à pâtisserie devant les yeux de Nathalie. J'ai mis deux cuillères à soupe de ta « mort blanche » dans ces scones!

— C'est quoi des scones? demande Dorothée.

— Des biscuits anglais, lui explique Suzanne d'un air hautain. Les anglais en servent à l'heure du thé. Je parie que Heathcliff (celui du roman) en mangeait à la tonne.

Sophie se met à ricaner.

— Je pense que pour un groupe punk « Les Scones »

serait un meilleur nom que « Les Marionnnettes en sauce ».

Suzanne jette un coup d'oeil sur la carte que Nathalie a collée sur le couvercle de sa casserole.

— Et toi, Nathalie, quelle recette fade et insipide veux-tu offrir à Heathcliff?

— Un plat de courgettes, réplique Nathalie. Et comme le dit la carte, c'est plein de protéines, mais ça ne contient pas le moindre grain de sucre ou de farine. Si ça t'intéresse, j'ai même inscrit toute la liste des ingrédients.

Suzanne met le doigt sur le côté de la carte.

— Et ça sert à quoi tous ces chiffres?

— C'est la quantité approximative de protéines, de thiamine, de riboflavine, de fer et de calcium par portion.

Suzanne, désintéressée, se tourne vers Dorothée qui a ouvert sa boîte à souliers et en compte le contenu. Suzanne s'approche d'elle, jette un coup d'oeil à l'intérieur de la boîte et fait semblant de sursauter de frayeur.

— Qu'est-ce que c'est? s'écrie-t-elle.

— Des biscuits au sucre, dit Dorothée.

— J'aurais plutôt dû te demander quel âge ils avaient! Il sont couverts de moisissure!

— Ce n'est pas vrai! proteste Dorothée vigoureusement. Elle lève la boîte pour que les autres puissent voir. J'ai seulement ajouté un peu de colorant alimentaire dans la pâte. J'y ai pensé cette nuit : puisque Cliff a une Mustang bleue, le bleu doit être sa couleur préférée !

Soudain, à l'autre bout du couloir, la porte s'ouvre.

Les cheveux brillant dans la lumière du soleil, Cliff entre.

— Il est seul ! annonce Dorothée d'une voix perçante.

— Non, grommelle Suzanne. Monsieur Carpentier est derrière lui.

Nathalie tient la tête droite.

— Bon, puisque nous voulons toutes lui offrir nos plats, attendons-le ici calmement, comme des adultes, dit-elle posément. Mais c'est elle qui, la première, se dégage du groupe et s'élance dans le couloir en criant : « Monsieur Rochester ! Monsieur Rochester ! »

Sophie, qui a les jambes plus longues, la dépasse rapidement, suivie de Dorothée et de Suzanne. Mia à cause de ses talons de six centimètres, vient la dernière.

Cliff s'arrête brusquement et regarde les filles s'approcher. Quand Sophie le rejoint, elle lui jette presque ses bonbons par la tête. Il doit lâcher sa serviette pour attraper la boîte.

— Je vous ai apporté des caramels enrobés de chocolat, dit Sophie dans un souffle.

— Des biscuits ! halète Dorothée en mettant sa boîte sur celle de Sophie.

— Des scones ! La boîte de Suzanne s'empile sur les autres.

Mia réussit à dépasser Nathalie.

— Des Marionnettes en sauce ! crie-t-elle.

Une demi-seconde plus tard, Nathalie essaie de poser son gros chaudron entre la boîte punk et le menton de Cliff.

— Mais, les filles, mon anniversaire n'est que le neuf mai ! s'écrie Cliff. La casserole glisse dangereusement. Jean ! crie-t-il à monsieur Carpentier. Aidez-moi !

CHAPITRE 11

Ce midi-là, l'atmosphère à table est lugubre.

— Cliff avait l'air bien embêté quand nous lui avons donné tous nos plats, ce matin, n'est-ce pas? soupire Dorothée.

— Pas embêté, dit Nathalie en avalant un morceau de carotte. Je pense qu'il était seulement surpris… dépassé, peut-être.

Suzanne secoue la tête.

— Il était tout simplement très chargé. Tout se serait bien passé si monsieur Carpentier n'avait pas tant ri. Pourquoi Heathcliff n'arrive-t-il jamais seul? ajoute-t-elle d'un ton irrité.

— Je me suis sentie mal à l'aise quand il a lancé la blague à propos de son anniversaire, dit Nathalie. (Elle espère que les autres ont oublié la date. Elle ne sait pas qu'elles aussi se sont dépêchées d'inscrire «9 mai» dans leur cahier de notes.) Je n'aurais tout de même pas donné un plat de courgettes comme cadeau d'anniversaire.

— Oui, tu aurais plutôt offert un livre sur les propriétés nutritives de la courgette, n'est-ce pas? se moque Suzanne.

— Oui, dit Nathalie sans remarquer la boutade.

— Où est Sophie? lui demande Dorothée.

Nathalie pointe la porte avec sa carotte.

— Elle est à l'auditorium, elle répète sa scène avec…

Nathalie a soudainement porté la main à sa bouche pour

ne pas rire. Dorothée et Suzanne se retournent pour voir ce qu'elle a aperçu. Alexandre, Mathieu, Jérémie et Dani bavardent quelques mètres plus loin. Ils portent tous un chandail en coton ouaté rayé.

— Je leur trouvais quelque chose de différent, aussi, dit Suzanne en riant avec Nathalie. Je ne savais pas quoi au juste, mais maintenant, en les voyant ensemble...

Dorothée pouffe de rire.

— Croyez-vous qu'ils ont créé un fan-club pour Cliff? demande-t-elle.

— Je pense plutôt que c'est une façon de nous faire abandonner le nôtre, dit Suzanne.

Le rire de Dorothée se change en moue.

— Vous avez créé un fan-club pour Cliff sans m'en parler?

— C'est seulement une façon de parler, Dorothée, dit Suzanne d'une voix exaspérée. Il n'y a pas de club. Elle regarde les garçons. Comme s'ils pouvaient avoir l'air à moitié aussi beau que Heathcliff dans ce genre de chandail, dit-elle d'un ton chargé de dédain. Ça ne m'impressionne pas, moi. Ça m'insulte.

Nathalie rit toujours.

— Regardez... Dani! glapit-elle. Il a gardé... son air punk... même... dans... ce chandail!

— Elles rient! chuchote Mathieu à l'oreille d'Alexandre.

— Mais pas de nous, dit Alexandre. Je ne pense pas qu'elles nous aient vus encore. Il se râcle la gorge et ajoute, très fort : d'autre part, je crois qu'il faut souligner que la santé de Catherine s'améliore grâce à Edgar au chapitre treize.

Jérémie toussote et hoche la tête.

— D'autre part, crie-t-il presque, il faut souligner que même si sa santé s'améliore, Catherine ne désire pas vivre.

Les filles n'ont entendu aucune des deux remarques. Avant qu'Alexandre n'ait ouvert la bouche, Nathalie a aperçu l'étiquette sur le chandail de Jérémie. Un nouveau rire incontrôlable la secoue.

— Vous... ne... me croirez... pas... Jérémie... A MIS... SON CHANDAIL... À L'ENVERS!

Lorsque la cloche sonne, les filles rient encore.

Alexandre, Mathieu, Dani et Jérémie sortent de la cafétéria.

— Tu es sûre qu'elles ne riaient pas de nous? demande Mathieu à Alexandre.

Celui-ci se redresse.

— Oui, j'en suis sûr. Aucune fille n'a jamais ri d'Alexandre Rivard.

— Alors, de quoi riaient-elles? lui demande Dani.

— Qui peut savoir, avec les filles? répond Alexandre. Elles se racontaient peut-être des blagues.

— Peu importe ce qu'elles font. Elles ne prêtent toujours pas attention à nous! Peut-être que tu ne t'y connais pas tant que ça en filles, Rivard. Ton plan pourrait encore rater.

— Non, dit Alexandre. Si elles ne sont intéressées que par les garçons qui ressemblent à Cliff, elles vont être servies! Quand elles verront qu'il n'a rien de spécial, elles reviendront vers nous.

— Alors, pourquoi ça n'a pas marché à la cafétéria, tout à l'heure? demande Jérémie.

— Il faut du temps, dit Alexandre. Révisons un peu notre tactique pour que tout soit au point.

109

Les garçons s'arrêtent et sortent leurs fiches de leurs poches.

— « Porter des chandails en coton ouaté rayé », lit Jérémie.

— Fait, dit Alexandre.

— « Utiliser souvent « souligner » et « d'autre part » », lit Mathieu.

— Fait, dit Alexandre.

— « Ne pas se peigner », lit Dani.

— Avec toutes ces pointes que tu fais et le gel que tu utilises pour les faire tenir, on jurerait que tu passes deux heures à te coiffer, lui reproche Alexandre.

— Peut-être, mais je ne les peigne pas, réplique Dani. Il tire une mèche de cheveux sur son front. Dès qu'il la lâche, elle se redresse.

— Là, tu es content?

Alexandre acquiesce et se tourne vers Mathieu.

— Tes cheveux sont trop parfaits, toi aussi, Mathieu.

Mathieu se frotte la tête avec vigueur.

— C'est dur de décoiffer des cheveux aussi courts. Mais c'est mon entraîneur qui veut que je les garde de cette longueur.

Alexandre regarde Jérémie dont la tête rousse ressemble à une vadrouille, comme d'habitude.

— Toi, ça va, lui dit Alexandre en s'ébourriffant lui-même les cheveux. Il relit sa fiche.

— Hé! Nous avons oublié les sourires dévastateurs, dit-il en relevant la tête. Voilà Sophie. Essayons pour voir.

Sophie se dépêche vers son casier. Elle et Renaud ont pris tellement de temps à finir de manger et à se rassurer, qu'ils n'avaient répété que la moitié de leur scène quand la cloche a sonné. Renaud a insisté pour finir et, à présent, Sophie est en retard. Il ne lui reste que trois minutes pour se rendre au cours de français.

Elle aperçoit les garçons et leur sourit distraitement. À sa grande surprise, ils se mettent tous ensemble à lui faire des sourires monstrueux en montrant les dents.

Dans un éclair, elle croit comprendre pourquoi ils font cela. « Ils se moquent de moi ! pense-t-elle, mortifiée. C'est sans doute le muffin aux bleuets que Jeff m'a donné ! Mes dents doivent être toutes bleues ! »

Elle pince les lèvres et se rend aux toilettes. Elle va vraiment être en retard ! Elle sent monter sa colère contre Renaud. Il aurait pu la prévenir ! Mais non, il est resté là, à la regarder, en retenant son fou rire, sans doute ! Pourquoi les garçons n'osent-ils pas dire ce genre de choses aux filles ? Elle, elle l'aurait dit à Renaud s'il avait eu de la moutarde sur le menton, non ?

En ravalant ses larmes, Sophie pousse la porte de la toilette. Pourquoi ne laisse-t-elle pas toujours une brosse à dents dans son sac, comme Nathalie ?

Après l'école, Nathalie et Sophie se retrouvent devant leurs casiers.

— Excuse-moi de m'être fâchée contre toi, ce matin, marmonne Nathalie en évitant le regard de Sophie. En fait, ce n'était pas parce que tu avais amené des bonbons que j'étais fâchée mais parce que tu avais amené quelque chose.

— Moi aussi, grommelle Sophie. Tu ne t'en es peut-être pas aperçue ?

— Mais bien sûr que oui.

— Oh, Nathalie, gémit Sophie, je déteste que nous

nous fâchions l'une contre l'autre.

Nathalie hoche vigoureusement la tête.

— Moi aussi! Elle dévisage Sophie avec crainte. Mais ça va mieux maintenant, non?

— Bien sûr! dit Sophie en arborant un immense sourire. Mais seulement si tu viens regarder «Dallas» chez moi; on pourra parler et… Elle pousse un soupir. Ça fait longtemps qu'on s'est parlé, n'est-ce pas?

— Oui, et j'aimerais bien qu'on bavarde un peu. Si tu veux, je peux aller chez toi tout de suite. Je téléphonerai à ma mère en arrivant.

Avec son regard fouineur habituel, Suzanne s'approche d'elles, tout en nouant la ceinture de son manteau de laine.

— Devinez ce que j'ai vu… Elle s'arrête net, car monsieur Allard vient de se joindre à elles.

— Je voulais te le dire après le cours, Nathalie, ton plat de courgettes était absolument délicieux, lui dit-il. Très très bon.

Nathalie lève les sourcils.

— Il… vous l'avez déjà mangé?

— Oui, à midi, dit monsieur Allard. Cliff… hum… monsieur Rochester l'a mis quelques minutes au four à micro-ondes. Tout le monde s'est régalé. Il s'éloigne en marmonnant «Vraiment très très bon.»

Suzanne donne à Nathalie une petite tape sur l'épaule.

— Je sympathise avec toi, ma petite. J'allais justement vous dire que j'avais vu madame Sinclair sortir de la salle à manger des profs, un scone à la bouche. Je parie que Heathcliff n'a rien gardé pour sa femme. Je me demande bien pourquoi?

Sophie met la tête dans son casier, elle est certaine que Nathalie ne pourra pas résister à l'envie de parler d'Edna. Elle n'est pas déçue.

— Jeff dit qu'Edna ne mange que de la viande crue depuis qu'ils ont déménagé, dit Nathalie d'un ton solennel. Elle ferme son casier avec fracas pour couvrir les rires qui sortent de celui de Sophie.

Suzanne blêmit et plisse le nez de dégoût.

Nathalie, qui a peur d'éclater de rire, change rapidement de sujet.

— Je parie que Cliff n'a donné aucun des biscuits bleus de Dorothée! dit-elle.

Suzanne se met à rire.

— Il pourrait les vernir et les donner au bazar de Noël. Mademoiselle Jobin pourrait les vendre comme presse-papier!

— Ou bien on pourrait demander aux gars s'ils ont besoin de poids supplémentaires en éducation physique, ajoute Nathalie en enfilant un grand pantalon et une veste de baseball en satin.

Sophie prend une veste identique et ferme son casier.

— À propos des garçons... j'ai enfin compris pourquoi ils portent des chandails en coton ouaté à rayures. Mais je me demande toujours pourquoi ils ont fait ces horribles sourires toute la journée? Je vais vous raconter ce que j'ai d'abord pensé...

En riant, elle leur explique l'épisode des muffins aux bleuets.

— ... mais en me regardant dans le miroir, achève-t-elle, j'ai vu que mes dents étaient aussi blanches que lorsque je suis sortie de chez le dentiste! Sophie lève soudain le bras. Chut! Ils arrivent... et ils sourient encore !

Nathalie et Suzanne jettent un coup d'oeil rapide derrière elles. Les trois filles s'effondrent de rire en se relevant parfois pour se faire des grimaces. Nathalie sent les larmes lui couler sur les joues.

Jérémie, Alexandre et Mathieu, toujours vêtus de leurs chandails rayés et fraîchement dépeignés, se sont arrêtés à quelques mètres d'elles. Comme tous les vendredis après-midi, le couloir principal s'es vidé très tôt.

— Elles rient encore ! dit Mathieu en faisant toujours son sourire «à la Cliff».

— Pas de nous, dit Alexandre tout aussi souriant. Vas-y, Jérémie.

Jérémie prend une pose de professeur, la tête haute, les bras croisés sur sa poitrine avec la planche à roulettes passé sous l'un d'eux.

— Je crois qu'il faut souligner que dans le chapitre dix, Catherine et Edgar semblent vivre un mariage heureux, dit-il tout haut. D'autre part, il faut également souligner que lorsque Heathcliff revient, Catherine fait comme si elle en avait assez de vivre à cet endroit.

Il se retourne pour vérifier si les filles ont cessé de rire. Elles le regardent, les yeux ronds, et se remettent à rire.

— Qu'est-ce qu'il y a de si drôle? crie Mathieu en colère.

Nathalie pointe Jérémie du doigt. Elle rit trop pour parler. Les filles continuent à rire tandis que Mathieu et Jérémie s'éloignent d'un pas furieux. Alexandre les regarde, indécis, et finit par les suivre en courant.

— Soyez patients ! leur dit-il.

Sans un mot, Jérémie saute sur sa planche à roulettes.

Mathieu ôte son chandail rayé et le lance à Alexandre.

— Elles ne riaient pas de nous, hein? crie-t-il en enfilant son chandail de tous les jours. Eh bien, laisse-moi te dire une chose : si tu penses qu'on va encore écouter tes conseils stupides, tu te trompes !

CHAPITRE 12

Ce soir-là, Sophie, Nathalie, Jeff et Diane, l'amie de Jeff regardent « Dallas » à la télévision.

Nathalie prend une poignée de maïs soufflé et la met dans sa bouche en essayant de ne pas faire trop de bruit en mangeant. Elle ne veut pas s'attirer le regard furieux d'un de ces fans de « Dallas ».

Elle s'ennuie. Elle repense aux événements de la journée. Avec Sophie, sur le chemin du retour, elles ont réussi à rire de leur fiasco « culinaire », surtout parce que l'imitation ridicule de Cliff par les garçons leur a remonté le moral. Pourtant, Nathalie a senti le mur qui se dresse entre elle et son amie depuis l'arrivée de Cliff. Elle a peur de trop parler de lui à Sophie de crainte qu'elle utilise les renseignements à son profit. Sophie ressent-elle la même chose? Sans doute. Sinon, pourquoi auraient-elles trouvé toutes ces excuses pour repousser la conversation dont Sophie a parlé tout l'après-midi?

Nathalie jette un regard sombre à son amie qui, les yeux rivés sur la télévision, roule et déroule sans cesse une mèche de ses cheveux. Le pire, c'est de ne pas pouvoir parler avec Sophie de la meilleure façon d'attirer l'attention de Cliff.

Combien de temps tout cela durera-t-il? Jusqu'à ce que Cliff fasse son choix? Il semble encore indécis puisqu'il sourit à toutes les filles. Il a peut-être besoin d'un petit coup de pouce, décide Nathalie.

Elle se lève brusquement.

— Je peux téléphoner?

— Chut! disent les autres sans la regarder.

— Merci, dit gaiement Nathalie. Elle se rend à la cuisine, ferme la porte et compose le numéro de Simon.

— Excusez-moi de téléphoner si tard, madame Faillard, dit-elle à la mère de Simon qui a répondu. Il faut que je parle à Simon, c'est urgent.

Simon met du temps à venir.

— Allô, Nathalie. Qu'est-ce qu'il y a? dit-il faiblement. J'ai entendu parler de votre fiasco de ce matin par Lucie.

— Oh, Simon, quatre autres filles ont amené des plats cuisinés à Cliff, dit Nathalie. Il faut que tu m'aides!

Simon laisse échapper un soupir mi-soulagé, mi-coupable. Elles ne le blâment donc pas?

— Quatre? dit-il en essayant de paraître étonné. Oh non! Ça c'est dommage.

— En plus, Cliff n'a même pas mangé ses cadeaux tout seul, ajoute Nathalie. J'ai l'impression que tous les profs ont fait un festin.

— Pas étonnant! Manger autre chose que la nourriture de la cafétéria, il y a de quoi célébrer!

Nathalie ne rit pas.

— Il faut que tu me trouves une autre idée, Simon et…

— Oh non! grogne Simon. Nathalie, je n'en ai plus. C'était déjà assez dur de trouver la première!

Nathalie essaie la flatterie.

— C'était une idée brillante! Même Sylvie l'a dit. Ce n'est pas ta faute si tout le monde a eu la même.

— Tu en as parlé à ta soeur? Alors pourquoi ne lui as-tu pas demandé …

— Parce qu'elle n'est pas un homme, elle, rétorque Nathalie.

À l'autre bout du fil, Simon fait une grimace au récepteur. C'est Nathalie qui est brillante, pense-t-il. Une fois de plus, elle le flatte, elle sait très bien qu'il ne pourra pas la laisser tomber.

Nathalie entend la musique de la fin de l'émission.

— Je te demande seulement d'essayer, le supplie Nathalie rapidement. Je t'en prie, Simon? À genoux !

Simon soupire.

— Laisse-moi y réfléchir cette nuit, d'accord? J'irai te voir demain. SI j'ai une idée.

À l'instant où Nathalie raccroche, Sophie entre dans la cuisine avec le bol de maïs soufflé.

— Tu téléphonais? lui demande Sophie, surprise.

— J'ai demandé la permission, tu ne te souviens pas? dit Nathalie. As-tu regardé les scènes de la semaine prochaine? Que va-t-il se passer? ajouta-t-elle vivement pour changer de sujet.

Sophie ignore ses questions.

— À qui parlais-tu?

— Heu… à ma mère, dit vivement Nathalie. Je lui ai demandé de venir me chercher dès que « Dallas » serait fini.

Sophie, suspicieuse, plisse les yeux.

— Mais tu l'as déjà fait !

— C'était pour le lui rappeler, marmonne Nathalie en baissant les yeux.

Elle se sent affreusement honteuse. Non seulement elle cache des choses à Sophie, mais, en plus, elle lui

119

ment !

Sophie ne la croit pas. Mais elle décide de ne pas insister. L'atmosphère est déjà assez tendue.

— Alors, ta mère sera là d'une minute à l'autre, dit-elle. Tant pis pour la grande conversation que nous devions avoir.

— C'est toi qui voulais regarder «Dallas», objecte Nathalie.

— Mais c'est toi qui as insisté pour jouer au Monopoly avec Jeff et Diane après le souper! réplique Sophie.

Elles se regardent avec un petit air triste.

Sophie en a assez. Tous ces secrets entre elles... toutes ces choses qu'elles se cachent... Elle prend une poignée de maïs.

— Je déteste ça, dit-elle.

— Mais c'est le meilleur! dit Jeff en entrant dans la cuisine.

— Moi aussi, dit Nathalie qui sait très bien que Sophie ne veut pas parler du maïs soufflé, mais du «mur» qui continue de s'élever entre elles.

Simon arpente sa chambre; il essaie de garder son calme. Il se sent si malheureux. «Pourquoi moi? se dit-il. Pourquoi moi qui ne suis jamais sorti avec aucune fille? Un gars sans expérience?»

Que doit-il faire? Il est désespéré! Peut-il rejoindre de toute urgence le Courrier du cœur? Il y a peut-être un numéro de téléphone spécial? Il se rue dans l'escalier.

Au salon, sa mère regarde la télévision avec madame Joly, une voisine. Les deux femmes font souvent cela quand leurs maris travaillent le soir, monsieur Faillard au restaurant familial et monsieur Joly, comme bénévole pour une station radiophonique.

Simon salue madame Joly et se met à fouiller dans la pile de journaux. Il trouve enfin la page du Courrier du coeur. En-dessous il est écrit : pour participer au Courrier du coeur, faites parvenir vos lettres au journal.

Aucun numéro de téléphone ! Il est perdu !

— Je n'en crois pas mes yeux, dit madame Joly en pointant du doigt la télévision. Je viens de lire dans un magazine que cette fille n'a que dix-sept ans ! Elle en paraît trente !

— Les producteurs voulaient sans doute qu'elle ait l'air plus vieille, observe la mère de Simon. Dans la vraie vie, un professeur aussi distingué ne s'intéresserait pas à une adolescente. Elle fait un sourire à Simon, en espérant que la remarque ne l'ait pas offensé.

Simon, bouche bée, la regarde.

— Simon ? Qu'y a-t-il ?

Simon bondit de sa chaise, court vers sa mère et l'embrasse.

— Maman, je t'adore ! Tu viens de me sauver la vie ! Je t'en serai éternellement reconnaissant !

Madame Faillard se met à rire et secoue la tête.

— Hier je lui ai donné vingt dollars comme avance sur son allocation et il ne m'a pas remercié. Aujourd'hui, je lui fais un petit sourire et il m'est éternellement reconnaissant. Essayez de comprendre quelque chose à ça !

Madame Joly rit et hoche la tête.

— Ah, les hommes !

Simon lui fait un beau sourire viril et sort de la pièce.

« L'air plus vieux », « l'air plus vieux », se répète-t-il.

— Avoir l'air plus vieux, hein? dit Nathalie songeusement en s'examinant dans le miroir de la salle à manger le lendemain après-midi.

Elle dégage son front, tire ses cheveux vers l'arrière puis se tourne vers Simon.

— De quoi j'ai l'air?

Simon pose le verre de lait qu'il est en train de boire.

— On dirait que tu as les cheveux coupés en brosse.

— Mais est-ce que j'ai l'air plus vieux?

— Non, tu as l'air d'un garçon manqué.

— Bon… je vais essayer autre chose, dit Nathalie en soupirant. Merci pour la suggestion.

Elle s'assoit à la table et pose sa tête sur ses bras repliés.

— Déjà fatiguée? lui demande Simon. Il est seulement trois heures.

— Fatiguée de toutes ces cachoteries avec Sophie, admet Nathalie.

— Que veux-tu, fillette? dit-il en se levant. À la guerre comme à la guerre !

Nathalie l'accompagne jusqu'à la porte.

— Qu'est-ce qui te prend de sortir tous ces vieux dictons. « À la guerre comme à la guerre », « C'est par l'estomac qu'on attrape les hommes »? Je vais finir par t'appeler monsieur Dictons.

— Les insultes coulent sur moi comme l'eau sur le dos d'un canard.

Nathalie lui fait une grimace tandis qu'il s'éloigne en lui envoyant la main.

Pendant ce temps, Nathalie, qui travaille à la Société protectrice des animaux, compose le numéro de téléphone de Cliff. La sonnerie retentit une fois… deux… trois… quatre.

— Allô? répond Cliff d'une voix essoufflée.

— Monsieur Rochester? demande Sophie. C'est Sophie Miller à l'appareil et je suis bénévole à la Société protectrice des animaux et je vous appelais parce que je sais que vous aimez les animaux et que je voulais savoir si vous étiez intéressé à adopter un chat parce que nous en avons trop et qu'il faudra endormir ceux qui ne trouveront pas de foyer et…

— Oh, Sophie, je suis désolé mais j'ai eu déjà trop de mal à faire accepter Edna à mon propriétaire. Il ne voudra jamais que j'aie deux chats !

— Je comprends, marmonne Sophie déçue.

Elle raccroche, déprimée, et se remet à frotter les cages. « S'il m'aimait, se dit-elle, si j'étais sa préférée, il aurait trouvé un moyen de prendre un chat de plus. Et ce n'est pas seulement pour les chats. Tout irait mieux si je pouvais faire en sorte qu'il me préfère. Mais comment ? »

Comment ? se demande-t-elle en rangeant ses outils.

Comment ? se demande-t-elle en disant au revoir à Gilbert, le gérant.

Comment ? se demande-t-elle en sortant de l'édifice.

Et puis elle aperçoit Simon sur son vélo.

— Simon ! crie-t-elle joyeusement en courant pour le rattraper.

Simon s'arrête et marmonne intérieurement en regardant Sophie accourir vers lui. Quand va-t-il donc se rappeler qu'il ne doit pas prendre ce chemin le samedi après-midi ? Sophie veut sûrement lui faire adopter un chat. Sa mère le tuerait s'il acceptait.

Mais après avoir entendu ce que Sophie avait à lui dire, le pauvre Simon regrette qu'elle n'ait pas plutôt un chat à lui offrir.

— Alors, tu vois, si tu pouvais me donner juste une autre idée, dit Sophie.

« Tu ne peux pas encore donner deux fois le même conseil, se dit Simon. La première fois tu as eu de la chance que ça ne te soit pas retombé sur le dos. Ne recommence pas ! »

Mais… que peut-il faire d'autre?

En soupirant, Simon appuie son vélo contre le mur et s'assoit à côté.

— Eh bien, Sophie, Cliff a dix ans de plus que toi.

C'est exactement ce qu'il a dit à Nathalie une heure plus tôt.

Quelques minutes plus tard, tandis qu'il rentre chez lui, Simon réfléchit aux deux solutions qui s'offrent maintenant à lui. Doit-il supplier ses parents pour qu'ils le fassent changer d'école? OU BIEN doit-il leur demander de le laisser aller se réfugier deux ans chez son oncle Roger en Californie? Dans le garage, il trouve son père en train de bricoler.

— Une jolie blonde nommée Dorothée est venue te voir tout à l'heure, dit monsieur Faillard.

Simon avale sa salive.

Oh non ! Dorothée va-t-elle…

— Je lui ai dit que tu lui téléphonerais quand tu rentrerais, ajoute le père de Simon d'un ton joyeux. Mais tu devrais téléphoner à Mia Beausoleil d'abord. Il tire une feuille de papier de sa poche et la tend à Simon. Elle a déjà appelé trois fois !

— Non ! s'écrie Simon. Oh, s'il vous plaît ! Non,

non, non, non! Il donne un coup de poing sur la table de travail.

Monsieur Faillard ricane.

— Tel père, tel fils, dit-il. Moi aussi, quand j'étais jeune, j'étais un bourreau des coeurs. Il faut que tu t'y habitues, mon garçon.

CHAPITRE 13

Dimanche soir, après avoir raccroché le récepteur de son téléphone rose, Sophie place un oreiller sous son dos et prend son journal.

Je viens de parler à Nathalie, écrit-elle. *Nous avons discuté de Jeff et de Diane, de mon petit frère Éric et de sa soeur Sylvie, des plaidoiries de sa mère et du voyage d'affaires de mon père et de nos devoirs de français. En d'autres mots, nous avons parlé de tout le monde sauf de nous-mêmes. Et de Cliff. Ça fait des semaines que ça dure.*

Au début, la compétition était amusante. Mais maintenant, ça commence à m'énerver. Hier, par exemple, j'ai demandé à Simon un conseil et je me suis sentie coupable de l'avoir caché à Nathalie. Je me sens déloyale. Quel genre de camarade suis-je donc pour laisser tomber ma meilleure amie?

Sophie lève les yeux au plafond en tenant la tête droite pour que les larmes ne coulent pas de ses yeux. Une minute plus tard, elle se penche de nouveau sur son journal.

Comme punition, je ne suivrai pas la suggestion que m'a faite Simon même si je trouve qu'elle est intéressante. Je vais même appeler Nathalie tout de suite pour lui donner le conseil!

Elle décroche le téléphone et compose le numéro. C'est Sylvie qui répond.

— Oh, salut, Sophie. Tu peux attendre un instant? Tu

ne me croiras pas, mais Nathalie est descendue tout à l'heure avec la plus belle robe de maman sur le dos !

Sophie hoquette. Nathalie aussi veut paraître plus vieille ? Comment a-t-elle eu l'idée ? Par Simon ? Ou bien l'a-t-elle eu toute seule ? En fait, ça n'a pas d'importance. Ce qui compte c'est que Nathalie n'a pas partagé son idée avec elle !

Sophie essaie de dissimuler sa colère.

— Laisse tomber, Sylvie. Ne dis même pas à Nathalie que je l'ai appelée. Je voulais juste son aide pour un devoir, mais je viens de trouver la solution toute seule.

Elle se force pour raccrocher en douceur. Mais elle prend son journal et écrit : C'EST UN JEU QUI SE JOUE À DEUX ! Elle se dirige d'un pas décidé vers sa garde-robe et prend sa plus belle robe, celle en satin bleu avec un voile de gaze. Sophie a toujours eu l'impression que cette robe lui donnait l'air d'avoir huit ans, comme à peu près tout ce que son père lui achète. Elle l'examine un peu plus attentivement, la tient contre elle et se regarde dans le miroir. En fait, c'est la gaze qui gâche tout. Fébrile, Sophie pose la robe sur son lit et passe la main entre le satin et la gaze. Les deux étoffes ne sont cousues ensemble qu'aux épaules ! Un ou deux coups de ciseaux... et peut-être une ceinture noire... et peut-être les souliers à talons hauts réservés aux occasions spéciales...

Le lendemain matin, après le petit déjeuner, Sophie, encore en pyjama, pose son bol dans l'évier, va chercher son plus long manteau et monte à sa chambre.

Une demi-heure plus tard, elle redescend, le manteau boutonné jusqu'au cou, le capuchon relevé sur la tête. Elle entend Jeff qui lave la vaisselle dans la cuisine.

— Bonne journée, Jeff, lance-t-elle en se dirigeant tout droit vers la porte. Elle s'apprête à tourner la poignée quand elle entend la voix de Jeff derrière elle.

— Tu as de l'argent pour le dîner? lui demande-t-il.

Elle ne se retourne pas.

— Un peu, merci, marmonne-t-elle en se dépêchant d'ouvrir la porte.

— Sophie? Elle sent une main sur son épaule. Jeff la fait pivoter. Sophie, vas-tu…

Elle le regarde avec un petit sourire coupable.

— Mais pour l'amour du ciel… commence-t-il. Ébahi, il repousse le capuchon. Sophie a tiré ses cheveux en arrière en un chignon.

— Je voulais essayer un nouveau style de coiffure et mettre un peu plus de maquillage, dit-elle.

— Mais pas tout un tube de fard à paupières bleu! s'exclame Jeff.

— Ça ne vient pas en tube, balbutie Sophie. C'est de la poudre et la couleur c'est « Azur d'un soir ».

Jeff la dévisage.

— Du mascara en plus?

— Juste un coup de crayon, corrige Sophie. C'est plus naturel que le mascara, parce qu'on l'étend un peu avec les doigts.

— Mais, ma chérie, est-ce qu'il faut vraiment l'étendre jusqu'aux tempes? Le regard de Jeff descend jusqu'aux souliers. Allez, jeune fille, dit-il sévèrement, déboutonne ce manteau! Et vite!

Avec une série de soupirs, Sophie fait ce que Jeff lui ordonne.

— Alors? Tu es content? fait-elle durement.

Les yeux de Jeff sont ronds de surprise.

— Sophie Miller, monte dans ta chambre et va te mettre quelque chose de plus approprié pour l'école! On dirait que tu… que tu vas à une réception! Sophie sait que sa seule chance c'est de le supplier.

— Oh, s'il te plaît! S'il te plaît! gémit-elle. Seulement pour aujourd'hui! Juste une fois! S'il te plaît? Si tu me permets de porter ça, je te promets de mettre mon affreux imperméable jaune les cinq prochains jours de pluie! D'accord?

Jeff arrête de secouer la tête et plisse les yeux.

— Les «dix» prochains jours de pluie, dit-il.

— Sept! fait Sophie.

— Marché conclu! Mais si on te renvoie ici, je dirai que tu es sortie sans que je te voie.

Sophie se met à rire.

— Oh, tu sais, Jeff, c'est vraiment très conservateur comparé à ce que portent certains élèves. L'autre jour, Mia Beausoleil portait une chemise qui avait l'air d'un sac à ordures avec des trous pour les bras et la tête.

Jeff lui fait un grand sourire.

— Ça devait être très coquet.

Une demi-heure plus tard, après avoir mis son manteau dans son casier, Sophie se dirige vers le couloir qui donne sur le terrain de stationnement. En tournant le coin, elle n'est pas du tout surprise de trouver Nathalie, à l'autre bout, qui porte un tailleur gris et une chemise blanche. Mais elle reste bouche bée en apercevant Suzanne, Mia et Dorothée.

Suzanne porte une robe droite et un collier de perles, elle a relevé ses cheveux comme Sophie. Elle a peint des ronds rouges parfaits sur ses joues et appliqué au moins trois couches de mascara noir.

Mia, au contraire, est moins maquillée que d'habitude. Comme Nathalie, elle porte une robe de soirée, mais vert lime. Pour une fois, elle a assorti la couleur de ses cheveux à celle de ses vêtements. Elle n'a pas fait de pointes et elle les a coiffés en chignon. Ils sont du même rose que sa chemise. Elle a aux pieds des souliers à talons hauts jaunes.

Dorothée a le même air que d'habitude, mais elle porte une énorme paire de lunettes à monture en corne, sans lentilles.

Contrairement au vendredi matin précédent, personne ne crie ni ne lance d'accusations.

— Ça ne peut pas être une autre coïncidence, marmonne Sophie en se joignant au groupe silencieux.

— La réflexion a déjà été faite, dit Suzanne durement.

« On ne peut rien y faire pour l'instant », se dit Sophie et elle porte son attention sur la porte du stationnement. Elle est encore tellement fâchée contre Nathalie qu'elle ne lui lance qu'un petit regard en coin. Elle voit que son amie a une des vieilles serviettes de sa mère et que son fard à paupières gris dépasse largement le coin de ses yeux. « On dirait qu'elle a des ailes, pense Sophie, et ça lui donne l'air ridicule ! » Elle se demande alors si son propre maquillage semble aussi étrange. Elle en a mis beaucoup, Jeff le lui a fait remarquer plus tôt.

Le regard de Nathalie croise celui de Sophie.

— Je suis étonnée que Jeff t'ait laissée sortir comme ça ! fait-elle.

— Je suis surprise que ta mère t'ait permis de mettre sa plus belle robe ! rétorque Sophie.

Nathalie hausse les épaules, comme si c'était tout à

fait normal. En fait, elle a dû supplier sa mère la veille, et lui promettre de laver le plancher de la cuisine tous les samedis pendant six mois.

— Mais tu ne fais aucune modification ! lui a ordonné madame Ryan.

C'est d'ailleurs pour cela que la taille de la jupe lui arrive presque à la hauteur de la poitrine et qu'elle doit garder la veste fermée en espérant qu'il ne fera pas trop chaud dans les classes.

Soudain, la porte s'ouvre et Cliff entre avec madame Houdin, la professeure d'art dramatique. Immédiatement, les cinq filles l'entourent.

— Bonjour, monsieur Rochester !

Cliff les examine. Éberlué, il se tourne vers madame Houdin.

— Ne m'avez-vous pas dit que la pièce de l'atelier d'art dramatique n'avait lieu qu'en avril, Claire ?

Madame Houdin, acquiesce. Son regard est aussi ébahi que celui de Cliff.

— Excusez-nous, les filles, dit-elle, mais monsieur Rochester et moi devons assister à une réunion des professeurs avant les cours.

Muettes, déçues, les jeunes filles regardent les deux professeurs s'éloigner d'un pas rapide. Après une longue minute de silence, Sophie ouvre enfin la bouche.

— Il… il a pensé que nous étions costumées pour une pièce de théâtre ! dit-elle d'une voix rauque. Il… il a pensé… Sa voix s'est brisée. «Ne pleure pas, Sophie», se dit-elle.

Suzanne enlève les pinces à cheveux qui retiennent son chignon.

— Ça aurait marché si vous ne vous étiez pas déguisées comme vos mamans! dit-elle en colère.

— Tu ne t'es pas regardée! fait Mia.

Dorothée ricane.

Suzanne fait volte-face et la dévisage.

— Et toi! Qu'est-ce que c'est que ces lunettes ridicules? Je me demande comment Cliff a fait pour ne pas rire!

Dorothée fait la grimace.

— Simon m'a dit que je devais avoir l'air plus vieux et…

— Plus « vieux », réplique Suzanne, pas plus « ridicule »!..

En même temps, Suzanne et Dorothée ont porté la main à leur bouche.

— Est-ce que j'ai bien entendu? demande Suzanne. C'est Simon qui t'a dit ça?

Dorothée hoche la tête.

— Il m'a dit ça à moi aussi! gémit Suzanne.

— À moi aussi! dit Nathalie.

Et puis, quelqu'un parle du fiasco du vendredi précédent. Le nom de Simon revient sans cesse, prononcé sur un ton de plus en plus indigné.

Comme la plupart des autres élèves de secondaire II, Simon attend que la cloche sonne sur les marches devant l'école. Son ami Alain lui a envoyé la main depuis le trottoir et s'avance vers lui.

— Tu vas bien? lui demande Alain. Tu as l'air malade.

Simon lui fait un petit sourire.

— Je ne me sens pas très bien. Mais ne t'en fais pas, ce n'est pas contagieux. J'ai seulement l'air de quelqu'un qui va être exécuté dans trois heures.

— De quoi parl… commence Alain. Il est interrompu par le claquement des pas des cinq filles qui sortent en furie de l'école.

— Le voilà! crient-elles.

«Merveilleux! pense Simon. Et moi qui croyais que j'aurais au moins un sursis jusqu'à midi!»

— Je suis heureux de t'avoir connu, dit-il à Alain qui regarde le groupe en colère.

— Comment as-tu pu oser me faire ça? crie Nathalie. Quel merveilleux ami tu es!

— Et combien de temps encore voulais-tu jouer à ce petit jeu-là? lui demande Suzanne. Une fois, ça va, mais pas deux!

— J'avais confiance en toi! rugit Sophie. J'avais confiance en toi et regarde ce que ça donne!

Soudain, Simon sent la colère monter en lui. Pas seulement parce que les autres élèves le regardent, mais aussi parce que tout cela lui semble trop injuste. Il a essayé d'être gentil, lui! Et, en plus, il se sent un peu jaloux de voir les filles bien habillées et toutes maquillées. Personne n'a jamais fait ça pour lui.

— Espèce de rat! conclut Suzanne en tournant les talons et en s'éloignant, furieuse.

— Espèce de traître! ajoute Nathalie en lui emboîtant le pas.

— Espèce d'idiot! renchérit Dorothée.

— Espèce de preppie! s'écrie Mia.

Son vocabulaire d'injures étant très limité, Sophie, elle, se contente de lui tirer la langue et s'en va.

Simon, les poings serrés, tout rouge, les regarde partir.

Mathieu et Alexandre passent devant lui.

— Pas de chance, Faillard, lui dit Mathieu.

— Oui, on dirait que tu paies pour l'indifférence de Cliffie, ajoute Alexandre. Je ne les laisserais pas s'en tirer comme ça, si j'étais toi.

Simon les regarde pensivement.

— Je n'en ai pas l'intention, dit-il lentement. Mais je crois que je vais avoir besoin d'aide. Donnez-moi quelques heures pour y penser. On pourrait se réunir à midi?

CHAPITRE 14

Ce jour-là, après l'école, Nathalie reste longtemps devant son casier ouvert. Elle a les yeux pleins de larmes. « Si tu veux pleurer, se dit-elle, attends au moins d'être sortie de l'école ! »

Mais elle ne peut pas partir tout de suite. Elle attend Sophie depuis dix minutes déjà. Elle veut bien lui accorder encore une minute. Si, au bout de cette minute, Sophie ne se montre pas, Nathalie saura alors qu'elles sont vraiment brouillées.

Ce matin, elles se sont fâchées pour les mêmes raisons, elles ont été mesquines l'une envers l'autre à propos de leur accoutrement. D'ailleurs, elles sont mesquines pour tout, ces derniers temps. Mais Nathalie veut tellement dire à Sophie combien elle regrette sa colère. Et combien le désastre de ce matin a été la goutte qui a fait déborder le vase. Nathalie en a assez de cacher des choses à sa meilleure amie.

Il est peut-être trop tard. Après la confrontation avec Simon, Sophie n'a pas adressé la parole à Nathalie de la journée.

Nathalie met la tête dans son casier et les larmes se mettent à couler. Depuis des années, elle a été très fière de n'avoir jamais pleuré à l'école, même à la maternelle. Mais, à présent, elle a pleuré deux fois en une semaine… et elle n'a pas de mouchoir et son mascara risque de couler sur la belle robe de sa mère.

— Nathalie?

Nathalie se retourne. Sophie est là, tenant à la main des mouchoirs. Silencieuse, mais soulagée, Nathalie les prend et s'essuie les yeux.

— Je… j'attendais Renaud, explique Sophie. J'ai changé certaines répliques de notre texte et je voulais les lui montrer.

Nathalie hoche la tête et renifle.

Tout d'un coup, le visage de Sophie se décompose et les larmes lui montent aux yeux.

— Oh, Nathalie ! Ce n'est pas vrai ! crie-t-elle. Je ne te cacherai plus rien ! Plus jamais !

Nathalie lui prend les mains.

— Moi non plus ! C'est ça que je voulais te dire. Plus jamais de secrets entre nous !

— Sauf pour tes cadeaux d'anniversaire et de Noël ! ajoute Sophie en souriant.

Soudain, Jérémie tourne le coin et fonce droit sur Nathalie et Sophie. Il tombe de sa planche à roulettes et les deux amies s'écartent vivement. La planche à roulettes va s'écraser contre un casier, tournoie dans les airs et retombe, inoffensif, les roulettes en l'air.

Jérémie le récupère.

— Excusez-moi, mesdames. C'était souverainement inexcusable de ma part, dit-il en poursuivant son chemin.

— « Souverainement ? » font en coeur les deux jeunes filles avant d'éclater de rire.

Nathalie s'essuie les yeux.

— En tous cas, Sophie, j'aimerais qu'à partir de maintenant, nous fassions équipe pour attirer Cliff. Qu'en penses-tu ?

Sophie acquiesce.

— J'y ai pensé toute la journée et j'ai compris que je n'aimerais pas qu'il m'aime plus que toi. Je me sentirais trop mal à l'aise. En fait, il faudrait qu'il nous aime toutes les deux.

— Nous allons trouver un moyen, dit Nathalie en souriant.

Sophie ouvre la porte de son casier.

— Allons chez moi inventer un plan.

— Seulement si tu me prêtes quelque chose à me mettre sur le dos, dit Nathalie. J'ai chaud et je me sens coincée dans ce costume.

— Je peux te prêter le jean qui est trop petit pour moi, dit Sophie. Moi, j'ai hâte d'ôter ces souliers et de mettre mes espadrilles. Tu sais, je voudrais vraiment trouver Renaud. J'ai un peu changé le texte.

— Il est probablement déjà parti, dit Nathalie en fermant son casier et celui de Sophie. Elle passe son bras sous celui de son amie. Allons-y! Il faut trouver une idée.

— Notre devise c'est: deux têtes valent mieux qu'une.

— Sauf quand une des deux têtes est celle de Simon, dit Nathalie en poussant la porte principale.

— En parlant du loup... chuchote Sophie.

Simon est là avec Alexandre et Mathieu qui dribble avec un ballon de basket-ball.

— Avez-vous vu Renaud Poulin, les gars? leur demande Sophie.

Mathieu cesse de dribbler.

— J'ai le grand déplaisir de vous annoncer que je n'ai pas entrevu ce gentleman, mademoiselle Miller.

— Ni moi non plus, fort malheureusement, ajoute

Alexandre.

— Je crois pouvoir dire que son dernier cours était celui de dessin, précise Simon, tout raide. Je vous suggère d'aller y jeter un coup d'oeil.

Les trois garçons font un petit salut et rentrent dans l'école. Dès que la porte est refermée, Sophie et Nathalie éclatent de rire.

— Qu'est-ce que c'est que cette nouvelle invention? se demandent-elles quand elles ont réussi à se contrôler.

Elles n'ont pas remarqué que les garçons ont laissé la porte entrouverte et qu'ils écoutent. Jérémie s'est joint à eux, lsa planche à roulettes sous le bras.

— Elles rient! dit Mathieu à Simon.

— Elles ont ri de moi aussi, dit Jérémie.

— Je vous ai dit que ça arriverait au début, dit calmement Simon.

Alexandre sort un peigne de sa poche et le passe dans ses cheveux.

— Ton plan est ridicule, Simon, dit-il. Je pense que ce serait mieux si…

— Fais-nous plaisir, Alexandre, dit Simon. Arrête de penser. Tes deux derniers plans n'étaient pas géniaux, tu te souviens?

— Et qu'est-ce qui te fait croire que le tien est meilleur? lui demande Alexandre.

— Je te l'ai dit : l'expérience. Mes parents nous faisaient ça à mon frère et à moi quand on les exaspérait. Ils nous parlaient à peine et toujours d'un ton extrêmement poli. Au début, on trouvait ça amusant et joli. C'était tout de même mieux que de se faire crier après, vrai?

— Vrai, font les autres.

— Faux, dit Simon. Après quelques jours (parfois même quelques heures) mon frère et moi on devenait fous. On aurait préféré qu'ils nous crient après.

— Comment ça se fait? demande Alexandre.

Simon hausse les épaules.

— Je ne sais pas. Tout ce que je sais, c'est que ça fonctionne. Faites-moi confiance, d'accord?

Il y a un silence et les trois autres garçons se regardent.

— D'accord, dit enfin Alexandre. Aveuglément.

— Absolument, ajoute Mathieu.

— Souverainement, dit Jérémie. Même si je ne sais pas ce que ça veut dire.

Quelques minutes plus tard, Sophie et Nathalie entrent chez les Miller.

— Jeff? crie Sophie tandis qu'elles vont à la cuisine. Pas de réponse. Elle hausse les épaules et les deux amies jettent leurs livres sur la table puis retirent leurs souliers. Il doit être sorti faire des courses. Sophie prend dans le réfrigérateur un coca pour elle et un jus de pamplemousse pour Nathalie.

— Allons dans ma chambre.

Nathalie la suit. Elles ont à peine gravi quelques marches avec leurs souliers dans une main et leurs verres dans l'autre, qu'elles entendent la porte d'entrée s'ouvrir.

— Il y a quelqu'un? fait Jeff.

Sophie s'apprête à répondre quand une autre voix se fait entendre.

— Tu tiens cette grande maison en ordre, Jeff? Moi, j'ai du mal à tenir mes trois pièces propres.

« Cliff! »

Nathalie et Sophie se regardent, les yeux ronds. Elles sont paralysées.

— Sophie? fait Jeff.

— Oui, mieux vaut s'assurer qu'elle n'est pas là, dit Cliff. C'est d'elle dont je veux te parler, entre autres.

Cette fois, les deux filles restent bouches bées. Cliff est venu dire à Jeff combien il aime Sophie !

— Ses livres sont là, alors je ferais mieux de m'assurer qu'elle est partie, dit Jeff. Mets de l'eau à bouillir, je…

— Je n'ai vraiment pas le temps de prendre le thé, dit Cliff. Je dois rencontrer quelqu'un au parc. Nous faisons notre jogging ensemble tous les jours.

Sans un mot, Nathalie et Sophie descendent les escaliers sur la pointe des pieds et se glissent dans la salle à manger, sous la table recouverte d'une longue nappe.

Une seconde plus tard, Jeff traverse la pièce et monte l'escalier. Puis, il redescend à la cuisine.

— Rien en vue, dit-il à Cliff. Bon, quel est ton problème? Tu m'avais l'air bien embêté au téléphone, à midi !

Cliff pousse un soupir.

— Jeff, j'ai l'impression d'être devenu un objet d'adoration pour certaines filles de secondaire II, dont Sophie et Nathalie. Ça devient un vrai problème.

Nathalie et Sophie s'agrippent l'une à l'autre avec force.

Jeff ricane.

— Elles en ont parlé un peu le premier jour, mais je ne pensais pas que ça se changerait en véritable passion ! Je comprends maintenant les comportements étranges de Sophie depuis quelque temps. Mais ne t'en fais pas, Cliff. Je suis sûr que tous les jeunes professeurs masculins passent par là. C'est un peu comme une initiation.

— Au début, je ne m'en faisais pas, dit Cliff. Je pensais que ça passerait. Je trouvais ça mignon, flatteur, même. Mais aujourd'hui, Claire Houdin, la professeure d'art dramatique, m'a dit quelque chose qui m'a fait peur.

— Quoi donc? lui demande Jeff.

— Les filles m'apportent des petits cadeaux et m'attendent pour me parler; ça fait des semaines que ça dure. Les autres professeurs l'ont remarqué, évidemment. Et puis... hum... aujourd'hui, les filles ont décidé d'avoir l'air plus vieux... et... Claire l'a vu... Elle m'a dit que si les filles se donnaient tant de mal pour moi, c'était peut-être parce que je les y encourageais!

— Foutaises! grogne Jeff.

— Je sais! Je ne fais rien moi! Moi je le sais, toi, tu le sais. Mais les parents de ces filles, eux, ne le savent pas! Cliff pousse un soupir. Et si l'un d'eux tire la même conclusion que Claire? Je vais me faire renvoyer, Jeff!

— Écoute Cliff...

— Qu'est-ce que je dois faire? gémit Cliff.

— Rien du tout, dit Jeff fermement. Laisse le feu s'éteindre tout seul. Ça ne tardera pas. Tu as suivi un cours pour enseigner à des adolescents, Cliff! On ne vous a rien appris sur les fillettes de cet âge-là? Elles commencent seulement à penser aux garçons. Ça fait peur, tu sais. Tu devrais t'en souvenir, tu n'es pas si vieux que ça!

Cliff rit faiblement.

— Alors, que font les filles? dit Jeff. Elles essaient leurs nouveaux sentiments sur un garçon sûr qui ne les aimera pas en retour. Autrement, ce serait trop apeurant! Sophie et Nathalie échangent des regards outrés.

Cliff émet un sifflement d'admiration.

— Tu as suivi un cours de psychologie ou quoi, Jeff? dit-il.

— Non, mais je connais les enfants. Dès qu'elles se sentiront plus à l'aise avec les garçons de leur âge, elles te laisseront tranquille, affirme doucement Jeff.

Les deux amies entendent une chaise frotter contre le plancher. Cliff se lève pour sortir.

— J'espère que tu as raison, Jeff, prononce-t-il lentement. Et j'espère qu'elles vont me lâcher bientôt!

— Courage! lui dit Jeff. Je t'accompagne dehors.

CHAPITRE 15

Nathalie sort la première de sous la table. Tout en défroissant sa jupe grise, elle va téléphoner à la cuisine pour demander à sa mère de passer la prendre en rentrant du bureau. Au moment où elle raccroche, elle entend Sophie entrer dans la cuisine, mais elle ne se retourne pas.

Il y a un long silence. Aucune des deux jeunes filles ne bouge. Enfin, Nathalie fait volte-face.

— Jeff peut bien parler de foutaises! s'écrie-t-elle. Qu'est-ce que c'est que cette théorie stupide pour expliquer notre amour pour Cliff?

— Oui, acquiesce Sophie. Je ne suis pas du tout mal à l'aise avec les garçons de mon âge!

— Moi non plus! affirme Nathalie. Jeff m'a mise en furie!

Sophie hoche la tête avec force.

— Moi aussi, et Cliff encore plus! Pourquoi fallait-il qu'il parle à Jeff? Comme c'est humiliant! Comment est-ce que je vais pouvoir regarder Jeff en face, maintenant?

Nathalie hausse les épaules.

— Je ne sais pas, mais il va bien falloir. Le plus dur, ce sera de faire semblant de n'avoir rien entendu. Il nous tuerait s'il savait que nous écoutions.

Sophie se creuse la cervelle pour trouver une autre bonne raison d'être en colère contre Cliff et Jeff. Mais elle ne peut pas retenir sa tristesse plus longtemps.

— Oh, Nathalie! Je croyais qu'il m'aimait bien! sanglote-t-elle.

Les yeux de Nathalie sont tristes aussi.

— Je pensais qu'il m'aimait bien moi aussi! gémit-elle.

Soudain, Nathalie s'écrie :

— Attends, Sophie! Je pense que nous sautons trop vite aux conclusions! Je parie qu'il nous aime. Il n'a jamais dit le contraire à Jeff!

Sophie hoche la tête.

— Alors, tu ne comprends pas? lui demande Nathalie. Il a juste peur de nous montrer ses sentiments parce qu'il craint de se faire renvoyer!

— Tu as sûrement raison, dit Sophie. Ouf!

— Je me sens mieux aussi, dit Nathalie.

Mais aucune des deux ne réussit à sourire.

Au même instant, Suzanne se dépêche de rentrer chez elle en passant à travers le parc. C'est le seul espace vert de la ville et elle s'imagine en train de traverser la lande anglaise.

Soudain, elle entend le rire aigu d'une femme. Elle jette un coup d'oeil derrière elle et aperçoit un couple de coureurs qui entrent dans le boisé. La femme porte un survêtement vert et l'homme un chandail et un pantalon gris.

Heathcliff! pense Suzanne en se dissimulant derrière un arbre. Avec Edna! Enfin, la fameuse Edna! Elle va sûrement mieux puisque Heathcliff la laisse sortir pour courir!

Suzanne regarde le couple s'approcher. Edna est superbe, elle a de longs cheveux auburn et des grands yeux verts. Tout à coup, au grand désarroi de Suzanne, elle s'arrête juste devant l'arbre derrière lequel elle se cache.

— Regarde, Cliff! dit-elle. Il y a un joli petit «pît-pît» sur la branche!

Heathcliff se met à rire.

— C'est seulement une excuse pour t'arrêter. Allez, ma belle, encore un kilomètre! Il la tire par la manche et la force à courir.

S'ils se retournaient, ils verraient Suzanne sortir de derrière l'arbre et les regarder, la figure grimaçante de dégoût.

Ce soir-là, Sophie a regardé un peu la télévision puis elle est montée à sa chambre. Pour la première fois, elle n'a pas vraiment envie d'écrire dans son journal, mais elle doit le faire. Elle sait qu'elle a des choses à se dire à elle-même, même si elle ne veut pas les entendre.

Elle s'assoit, jambes croisées, sur son lit et essaie de relater la conversation qu'elle a surprise entre Cliff et Jeff. Puis, elle trace une ligne et commence une nouvelle page.

Au souper, ce soir, écrit-elle, *Jeff n'a pas parlé de Cliff et il a fait comme si de rien n'était. Je l'ai vu me regarder quelques fois mais je pense que c'était parce que j'étais plus silencieuse que d'habitude.*

Tu peux penser, cher journal, que je ne disais rien parce que j'étais encore gênée, fâchée, triste. Mais en fait, je me sentais plutôt coupable. Jamais je n'aurais pensé que Cliff puisse souffrir à cause de mon comportement. Dire qu'il a peur de perdre son emploi! Et que c'est un peu ma faute.

Sophie dépose son stylo et met sa main devant ses yeux. Une minute plus tard, elle se masse les tempes et s'oblige à continuer.

Je veux dire que je ne suis pas d'accord avec la théorie de Jeff qui dit que nous aimons Cliff parce que nous sommes gênées avec les garçons de notre âge. Mais (et c'est dur à admettre) je pense qu'il a raison sur un point. Je n'aimerais pas que Cliff soit amoureux de moi. J'y ai bien réfléchi depuis quelques heures, et je pense que j'aurais trop peur! Cliff a sûrement une longue expérience tandis que moi, non! Qu'est-ce que je pourrais bien lui dire si nous sortions ensemble? Nous ne pourrions pas parler tout le temps de baleines! Ou de chats! Ou de profs! Et s'il voulait m'embrasser? Je n'ai même jamais tenu la main d'un garçon!

Sophie s'étire sur son lit et téléphone à Nathalie.

— Que fais-tu? lui demande-t-elle.

— Je réfléchis dans ma chambre, répond Nathalie d'une voix déprimée.

— Moi aussi, dit Sophie. Un long silence suit. Nathalie?

— Oui? Nous nous sommes menti cet après-midi, dit Sophie doucement. Il ne nous aime pas. Pas de façon romantique, en tous cas.

— Je sais, dit Nathalie d'une petite voix.

— Et Nathalie… dis-moi franchement… tu n'es pas un peu contente qu'il ne nous aime pas? Aurais-tu eu peur si ç'avait été le contraire?

Après un autre silence, Nathalie pousse un soupir.

— Oui, dit-elle. Tu sais quoi, Sophie? On n'est même jamais sorties avec des garçons qui travaillent à mi-temps, imagine-nous avec quelqu'un qui travaille à plein temps!

— On n'est jamais sorties avec qui que ce soit, point!

corrige Sophie.

Elles se mettent toutes les deux à rire.

— Oh, Nathalie! soupire finalement Sophie, je suis heureuse que ce soit enfin fini!

— À partir de maintenant, dit Nathalie, Cliff n'est plus que notre professeur d'anglais, d'accord?

— Cliff? Oh, tu veux dire «monsieur Rochester»! Tu crois qu'il va être renvoyé? demande-t-elle, inquiète.

— Plus maintenant puisque la moitié de son fan-club vient de le lâcher, dit Nathalie. Peut-être plus que la moitié, d'ailleurs. As-tu entendu ce qu'a dit Mia à midi? Elle a dit qu'elle avait dû avoir une crise de folie passagère pour se faire un chignon. Qu'aucun garçon ne valait ça! Elle est sortie de la cafétéria très tôt en disant qu'elle allait au laboratoire de cuisine demander des blancs d'oeufs à mademoiselle Morin.

— Pour quoi faire?

— Je pense que ça peut servir pour coiffer les cheveux en pointes quand on a rien d'autre sous la main. Qu'est-ce que tu vas porter demain?

— Je ne sais pas encore, dit Sophie, mais sûrement pas des souliers à talons hauts ni du bleu!

Nathalie éclate de rire.

— C'est merveilleux d'être de nouveau soi-même, non?

Les deux amies bavardent encore un peu, puis raccrochent. Aussitôt après, Nathalie compose le numéro de Simon.

— Simon? C'est Nathalie. Je voulais m'excuser pour ce matin. Je sais que tu as fait ton possible… et que nous avons agi bizarrement ces temps-ci. Mais c'est fini pour Sophie et pour moi avec …

— Excuses acceptées, dit Simon d'une voix aimable. Maintenant, à mon grand regret, je dois vous quitter. « Clic. »

« À mon grand regret »? Nathalie fixe le récepteur. À mon grand regret, tout n'est pas redevenu normal.

CHAPITRE 16

Le lendemain matin, Alexandre longe le trottoir qui relie les deux parties de l'école. Il se sent merveilleusement bien, il est presque sûr qu'un groupe de filles plus âgées a sifflé sur son passage. Il n'a pas pu le confirmer, bien sûr. Se retourner aurait semblé ridicule, ç'aurait été admettre qu'il n'en a pas l'habitude.

Il a sa deuxième surprise agréable de la journée en approchant de l'escalier principal. Nathalie et Sophie, des fans de Cliff, sont là! Pour la première fois depuis des semaines, elles ne sont pas déjà dans l'école à attendre Cliffie. Celui-ci leur a-t-il enfin donné l'ordre de le laisser respirer?

Alexandre s'apprête à faire une remarque quand il se souvient du plan de Simon. Arborant un sourire aimable, il salue simplement les filles de la tête.

— Alexandre? dit Nathalie.

Il s'arrête et se retourne.

— Oui, mademoiselle Ryan?

— Est-ce que monsieur Allard nous a donné à lire les deux prochains chapitres du livre ou bien les trois prochains? Sophie dit que c'est les trois, moi je pense que c'est les deux.

— Les deux prochains, je crois, dit Alexandre. Mais je vais vérifier. Il ouvre son carnet de notes et trouve la page. Oui, en effet, ce sont les deux prochains chapitres, mademoiselle Ryan. Avec un autre petit salut, il sourit rapidement et s'éloigne.

— Qu'est-ce qu'il a? demande Nathalie avec irritation. Qu'est-ce qu'ils ont tous?

Sophie ricane.

— Quand je les ai vus hier, j'ai pensé qu'ils imitaient Heathcliff, le personnage du roman, surtout à cause de l'accent pointu de Mathieu. Mais Heathcliff n'était pas poli, il était brusque.

— Oui, on dirait plutôt qu'ils imitent madame Manthier, dit Nathalie. C'est bizarre.

La cloche se met à sonner. Nathalie et Sophie se dirigent vers la porte.

— C'est agréable de se retrouver dehors avant l'école, non? crie Nathalie à Sophie.

Sophie acquiesce et rit.

— Je commençais à m'ennuyer des frissons du matin!

Mathieu et Alexandre sont déjà à la porte de la salle 332 quand Nathalie et Sophie y entrent.

— Salut, Mathieu, disent-elles en choeur.

— Comment a été la partie de basket-ball, hier? lui demande Nathalie tandis que Sophie lui sourit timidement.

— Avez-vous gagné?

— Merci de l'intérêt que vous nous portez, mademoiselle Ryan, mademoiselle Miller, dit-il en les saluant de la tête. Nous avons gagné quatre-vingt-six à soixante-dix-huit.

Nathalie rayonne.

— Hé, mais c'est merv... Elle se tait brusquement. Les garçons leur ont fait un petit salut et sont allés s'asseoir. Nathalie et Sophie se regardent.

— Je m'attendais à une description détaillée de la

partie, dit Nathalie. D'habitude ça lui prend une bonne vingtaine de minutes.

Sophie secoue la tête, sans comprendre.

— Ils ont peut-être eu un cours d'éducation physique un peu spécial, sur la politesse, dit-elle.

Dans la classe, Mathieu donne une tape sur l'épaule d'Alexandre.

— Ça marche! annonce-t-il.

— C'est sûrement ton accent pointu! raille Alexandre qui est toujours jaloux de l'intérêt que les filles portent aux prouesses sportives de Mathieu. On peut être poli sans prendre d'accent!

Entretemps, Mia s'est précipitée vers sa classe et y a trouvé Dani, déjà assis. Elle s'arrête devant lui.

— Qu'est-ce que tu en penses? dit-elle essoufflée. Il a fallu que je me lève à cinq heures pour le faire!

Ses cheveux ne sont plus qu'une masse de petites pointes aux bouts dorés.

Dani est impressionné.

— C'est très joli, mademoiselle Beausoleil.

— Joli? C'est tout ce que tu trouves à dire? Je ne veux pas avoir l'air jolie! Je n'ai pas passé trois heures là-dessus pour être «jolie»!

Dani lui sourit poliment.

— C'est très joli, mademoiselle Beausoleil. Puis, il pointe du doigt monsieur Robert, leur professeur, qui vient d'arriver.

— Je crois que monsieur Robert requiert votre attention, maintenant, dit Dani doucement.

Furieuse, Mia tourne les talons et s'assoit sur sa chaise.

Dans la classe d'anglais, quelques heures plus tard,

Mathieu regarde monsieur Rochester, rouge d'émotion, marcher en long et en large en face de la classe.

— Maintenant, toujours au chapitre vingt-sept, Heathcliff dit à Cathy qu'elle devra rester jusqu'à la mort de son père, à moins d'épouser Linton! En d'autres mots, elle ne verra peut-être plus jamais son père vivant! Qui peut me dire pourquoi Heathcliff veut à tout prix qu'elle épouse Linton? À la grande surprise de Mathieu et d'Alexandre, aucune fan de Cliff ne lève la main.

— Pas de volontaire? dit monsieur Rochester qui semble étonné lui aussi. Bon, Suzanne pourra sûrement répondre.

Suzanne lève la tête comme si elle venait de se réveiller.

— Pardon? Oh, je suis désolée monsieur Rochester, mais je n'écoutais pas.

Les trois garçons sursautent.

À midi, Mathieu, Alexandre, Jérémie et Dani rejoignent Simon à la cafétéria pour parler de leur succès. Après avoir écouté le récit de la réaction de Suzanne au cours d'anglais, Simon applaudit.

— Parfait! Qu'est-ce que je vous avais dit? Les filles passent tellement de temps à se demander pourquoi nous agissons comme ça, qu'elles en oublient Cliffie. Continuez, d'accord? Nous avons gagné une bataille mais peut-être pas toute la guerre.

Jérémie approuve de la tête et quitte le groupe pour faire la queue au comptoir. Il se trouve juste derrière Suzanne.

Celle-ci n'avance pas, elle est incapable de se choisir entre les deux repas du jour : du poulet frit graisseux avec de la purée de pommes de terre ou un macaroni au fromage caoutchouteux.

— Qu'est-ce que tu prends? lui demande la serveuse. Tu retardes la file.

Le visage de Suzanne s'éclaire quand elle aperçoit Jérémie derrière elle. C'est un expert en nourriture de cafétéria, il a goûté à presque tout... avec les doigts, évidemment.

— As-tu déjà goûté au macaroni de la cafétéria? lui demande-t-elle.

— Je suis désolé, mais je ne peux vraiiiiiment pas vous le recommander, dit-il le nez en l'air. Cela vous gênerait-il beaucoup que je passe devant vous? Je ne prends pas de hors-d'oeuvre.

Suzanne ne rit pas. Et elle réfléchit encore en allant rejoindre les autres filles à leur table habituelle. Sophie, Nathalie, Dorothée et Mia sont déjà assises.

— Quelqu'un peut me dire ce qui leur prend? dit Suzanne d'un ton brusque en posant brutalement son plateau sur la table et en indiquant du menton la table des garçons. Leur petit jeu de politesse commence à me tomber sur les nerfs !

Mia hoche la tête.

— Ça devient ennuyeux.

Dorothée doit couper son macaroni avec un couteau. À un moment, elle lève les yeux et regarde monsieur Rochester traverser la cafétéria. Elle avale sa bouchée et pousse un soupir.

— Avez-vous déjà vu quelqu'un de plus beau dans un chandail rayé en coton ouaté?

Suzanne suit le regard de Dorothée.

— Non, mais à propos de choses ennuyeuses, monsieur Rochester devrait changer de genre de chandails de temps en temps. Ça ferait un peu de variété.

Sophie et Nathalie échangent des regards ébahis. Suzanne a donc lâché monsieur Rochester, elle aussi!

— Comment peux-tu dire une chose pareille de Cliff? s'indigne Dorothée. Tu ne l'aimes plus?

Suzanne prend une petite bouchée de cuisse de poulet.

— Disons que je suis contente qu'il ne m'aime pas, dit-elle lentement. Et je vais vous dire pourquoi. Hier, je l'ai vu courir dans le parc avec Edna, sa femme...

Sous la table, Nathalie donne un petit coup de pied à Sophie qui se mord la lèvre et essaie de ne pas la regarder. ... et j'ai entendu Edna appeler un oiseau «pît-pît»! continue Suzanne, dégoûtée. Elle n'est pas folle, elle est sotte! Si c'est ce genre de cervelle d'oiseau qui intéresse Cliff, je me flatte de ne pas faire partie de ses conquêtes!

— Jeff dit qu'Edna regarde beaucoup les oiseaux, dit Nathalie.

Sophie met la moitié de sa pomme dans sa bouche pour ne pas rire. Nathalie veut donc continuer à garder le vieux mythe d'Edna la folle!

— Jeff dit aussi qu'un jour, Edna en a attrapé un sur le patio des Rochester et qu'elle l'a mangé avant que Cliff puisse l'en empêcher! poursuit Nathalie, toujours imperturbable.

Suzanne laisse échapper sa cuisse de poulet. Elle a l'air parfaitement écoeurée.

Les yeux bleus de Dorothée sont tout ronds.

— Qu'est-ce qu'il y a de bizarre à regarder un oiseau dans le parc? Il y en a des milliers, là-bas!

La remarque permet à Nathalie et à Sophie d'éclater de rire. Quand Sophie réussit à reprendre son calme, Simon est à côté d'elle.

— Mademoiselle Miller? J'ai vu Renaud Poulin au cours d'éducation physique. Il m'a demandé de vous faire passer l'information suivante : vous deviez vous rencontrer brièvement après l'école mais malheureusement, il sera retenu par…

— Assez! dit Nathalie. Si j'entends encore une de ces phrases cérémonieuses, je crie!

Simon essaie de prendre un air ébahi.

— Hélas, je ne comprends pas…

Suzanne pose ses mains sur ses oreilles.

— Assez! Assez!

Sophie regarde Nathalie et Suzanne, puis Simon.

— Ça va, monsieur Faillard, tu as gagné, dit-elle calmement. Qu'est-ce que tu veux? Qu'est-ce qu'il faut faire pour que vous redeveniez normaux?

— Pas nécessairement normaux, dit Mia, en jetant un coup d'oeil vers Jérémie, mais comme vous étiez avant.

— Si vous voulez bien me laisser une minute, mesdames, que j'en discute avec mes camarades. Simon se lève prestement pour cacher un sourire triomphant et revient une minute plus tard avec Mathieu, Alexandre, Dani et Jérémie.

Les filles les regardent avec impatience. Alexandre se râcle la gorge.

— Nous nous résignons à vous céder, mesdames, mais à une seule condition.

Il y a une longue minute de silence.

— Alors? dit Suzanne. On attend.

Mathieu fait un profond salut.

— Nous ne voulons plus jamais entendre prononcer le nom de Cliff ou de Rochester en dehors des cours d'anglais.

— Parfait, disent en choeur Mia, Nathalie, Suzanne et Sophie.

— Parfait, ajoute Dorothée.

Alors, tout le monde se sourit.

Dani avance sa chaise près de celle de Mia et tous deux se lancent des petits regards complices.

Jérémie plante son doigt dans la purée de pomme de terre de Suzanne et le lèche.

— Cochon! crie-t-elle.

Sophie et Nathalie se sourient. Maintenant, tout est bel et bien rentré dans l'ordre.

Dans la même collection

- Vive la liberté!...
- Ah, ces filles!...
- Et c'est parti!...
- Quelle comédie!...

ACHEVÉ   D'IMPRIMER
EN   OCTOBRE   1988
SUR LES PRESSES DE
PAYETTE & SIMMS INC.
À SAINT-LAMBERT, P.Q.